同学会

鲁引弓 ——

[著]

浙江大学出版社
ZHEJIANG UNIVERSITY PRESS

引　言

　　小学语文教师卓立已退休23年了，老伴吴老师去世也有3年了。与这个年纪的多数独居老人一样，现在卓老师每天多半时间待在家里，在厨房间洗洗煮煮，在书房里东摸摸西摸摸。透过南窗落在地板上的阳光，从左侧滑向右侧，一天天在寂静中逝去。

　　儿子安家在上海。女儿一家定居澳大利亚。儿子每三周坐高铁回来看她一趟。卓老师拒绝了儿子要给她请保姆的想法，她说，省省吧，现在我还走得动，到时候没法自理了，你就把我送进养老院吧。

　　对于眼下这份孤寂，卓老师安之若素，唯一有点惶恐的是，她发现自己的记性在迅速衰退，许多近在面前的事情往往转眼就忘了。

　　当然，这是老年的常态。但说来也怪，有些很久远的情境反倒是记得一清二楚。

　　比如，现在她面前的长茶几上，摊满了实验小学各个年代自己所带班级的相册，她能清晰地记得班上大多数学生的名字，甚至记得他们对自己说话的样子——一张张小小的脸庞，或乖巧或憨萌地叫唤着"卓老师""卓老师"。她记得这些，但却记不住儿子昨天电话里说的女儿从澳大利亚回来探亲的日期。

这就注定了在寂静的家中，卓立老师的思绪常常与久远的往事相伴：那个待了一辈子的小校园，那些教室，那张讲台，那片花地，那些作业本……一届届学生就像一茬茬庄稼，伫立在时间标尺的不同刻度上，只要她想起某个小孩子的脸庞，她就能想起来那个年代的样子。

今天，她在书房里东摸摸西摸摸的时候，注定要遇到些什么，比如一本泛黄的备课本，再比如，从备课本里飘出来的一页纸。

现在，卓立老师就把那页纸从地上捡起来。呵，是一封信吧。

她把它凑到了眼前，是篇学生的作文呀——《我在未来的一天》。

是什么时候把它夹在这里的？她回想着，但记不清了。

卓老师戴上老花眼镜，看了起来。

作文写得很简单。写20年后自己居然成了修飞机的人，背着个工具袋，在飞机场出入。有一天，在机场大厅，自己遇到了来乘飞机的蒋亦农、毛俊、费丽、李依依等老同学们，他们有的成了演员，有的成了警察，有的成了联合国官员……"呀，我们班的同学怎么都在这里啊？我环顾四周，大吃一惊。我带他们上飞机参观。我们开始彼此叫同学的绰号，一起回忆20年前我们在小学时的事。"

文字稚拙，但那种神气活现的语气显得非常可爱。

署名：宋扬。

时间：1979年9月27日

呵，还真是一篇作文。卓老师自语道。她回想起了布置这篇作文的起因，甚至记得自己往黑板上写"我在未来的一天"这几个字时的情景：秋阳照在窗外的操场上，金菊花的气息从花坛那边飘过来，粉笔灰扑簌簌地落在白衬衣的袖口上……你看不是有日期吗——"1979年9月27日"，也就是建国30周年前夕。所以，这作文是写给祖国妈妈生日的。这是那个年代的常规命题。

宋扬？

无数个小朋友的面容，在卓老师的脑海里涌动。那个"宋扬"被迅速地推到了最前排。

是一个文静的小男孩，长着小鹿一样的眼睛，很聪明，但成绩不是最顶尖。

卓老师欠起身，从长茶几上的那些相册中找到了一本，"80届四班"。这是一本老式绢面相册，封面上印着黄山的风景。打开，第一页是全班合影，后面的就是孩子们毕业时赠送的个人一寸照，一张张，用卡角缀满了相册，黑白光影，往日的气息瞬间渗到心间。

卓老师轻易就从集体照中找到了宋扬。干干净净的脸庞，夹克衫，外翻着白衬衣领，有来自知识分子家庭的沉静气质。

这是她喜欢的一个小男生。

现在她可以肯定了，35年前的某天自己把这篇作文留下来，一是因为喜欢这孩子，二是觉得它写得有趣。

是的，它很有趣。隔了几十年的时光，它变得更有趣了。卓老师拿起作文，再读了一遍。她看见宋扬、毛俊、李依依、费丽的面容，浮现在端正的钢笔字迹中。

于是，她又去打量那张集体照。她一个个点着全班45名小学生稚气的脸。在35年前的光影中，小家伙们支棱着天真的眼睛看着镜头，而自己坐在他们中间，像鸡妈妈带着一群小鸡。

宋扬、毛俊、李依依、费丽……她呢喃着这些小家伙的名字。

她从相册中找到了这些小脸蛋。但她想象不出他们现在的模样。

是啊，他们就像乘坐飞机，35年前从自己身边飞出去以后，就没有回航。

他们现在在哪里？过得怎么样？应该还不错吧。

卓立老师心里的好奇和牵挂像轻雾弥漫。毕业后，这个班的孩子们一直没有回来过，而其他届的学生这些年或多或少都有一些联系，有几个班还开过同学会了。唯有这个班，好像断了联络的线索。

卓老师这么想着，心里就有了隐约的焦虑。她对着相册里的那些小小的脑袋，突然像鸡妈妈一样叫唤起来：咯咯咯，你们回来让我看看。

同学会

一

由此，他还迅速地联想了自己的小学生涯，小小校园里的场景，一些少年人的面孔。在车来人往的街头，这记忆影像有些模糊、微弱，像天边正在迅速暗下去的光线。

出版社编辑宋扬在马路上接到了小学校友李越明的电话，当时他正骑车前往前妻孙丽娜的单位。

他没反应过来这个浑厚的声音是李越明。对方说了两遍"我是李越明"，他这才笑道：啊，猪鼻头，是你啊，难得难得。

李越明与宋扬在实验小学上学时，同年级不同班，两人的妈妈是化工研究所的同事。两位老太太退休后仍有往来，所以宋扬对李越明能在失去联络N年之后找到自己并不奇怪，让他感到意外的是李越明说的事。

李越明说，我们小学班级昨天搞同学会了，卓立老师也来了，你还记得她吗，她可是你们班主任哪，她教过我们班语文。昨天她问我们谁联系得上四班的同学，她说她好想知道这个班的学生在做什么。

宋扬的脑海里浮现了卓立老师圆圆的脸，他听见李越明在那头说：宋扬，她还专门提到了你的名字哦，我把她家的电话号码发给你吧，你有空的时候打个电话给她。

宋扬说，好好好。

然后他们又寒暄了一会儿"你怎么样""我怎么样""还

行""还行",并相约哪天吃饭。

像多数久不联系的老同学,这样的联络和互相问询,迅捷而点到为止,而那相约的饭局可能要等到N年以后吧。这大概说明彼此都混得一般般吧,或者有更多的事得去忙碌,以致心领神会彼此较低的兴致。

宋扬骑上自行车,沿着街边继续前行。他隐约听到了口袋里的手机"叮咚"了一声,他知道,卓老师家的电话号码发过来了。

宋扬想,晚上回家后再打给她吧。

他蹬着自行车,随着下班的人流一路向北。这是城市冬日的黄昏,灰红的天色映着街边林立的楼宇,街灯、霓虹、车灯正在亮起来,照耀着归家者一张张疲倦的脸。宋扬在满街明灭变幻的光线中,回想着卓立老师的样子:一张团团的脸,齐耳的短发,微笑着,眼睛里含着兴奋的光泽,上课时有一句口头禅"让我们一起探讨一下"……由此,他还迅速地联想了自己的小学生涯,小小校园里的场景,一些少年人的面孔。在车来人往的街头,这记忆影像有些模糊、微弱,像天边正在迅速暗下去的光线。

在行色匆匆的人流中,宋扬的怀旧也是匆匆的,因为此刻他心里还有别的事正在令他心烦意乱。几个小时前,前妻孙丽娜突然来电话,让他下班后过去一下,说有事要商量。

每逢前妻让他过去一趟的时候,他就知道她又有什么新要求将向他提出来了。

所以,此刻一路骑行的宋扬看上去有些郁郁寡欢。

趁他拐过解放路街口,经过明珠广场外围那排明晃晃的广告墙,借着强光我们可以好好打量一下这个中年人了——身材适中,清秀的脸庞上稍有倦容,眉宇间神情儒雅。这样的面容如果搁在早些年代,应该更为悦目,而如今这份书卷气就像他今天穿少了的衣衫，在起风的黄昏时刻显得单薄、局促了。

宋扬骑过明珠广场，往迪亚旅游公司所在的中山路去。前妻孙丽娜几年前折腾到了那里上班。

他看见孙丽娜站在旅游公司门前的林荫道上。每次宋扬过来，她都会在这儿等他，然后他们的谈话就在林道后侧的街边花园里进行，三言两语，围绕"儿子宋可逸"主题，按"要求、沉默、坚持、点头"程序进行，基本上句句都有必需的信息量，谈毕，离开，心里带着疲惫的叹息。

孙丽娜今天穿着一件束腰的紫色绒衣，披肩发，在路灯下显得高挑利落，她看见他了，在向他点头。他推着自行车往花园里的小凉亭走。她注意到了他有些木然的面容，还注意到了他微微缩着脖子好像怕冷的样子，知道他在心烦，就想赶紧把事儿讲给他听，省得他猜。

她要告诉他的事是，她想让儿子参加中考特训补习班。

她见他停好自行车转过身来，就说，宋扬，也没别的事，就是可逸明年要中考了，今天我给他报了个校外补习班，专补数学、科学和英语三门功课。

宋扬说，嗯。

他注意到了她脸上隐含着的焦虑。

她说，可逸在班里排名第10名左右，这个成绩要冲进全市前一二名的重点高中是困难的，所以现在要开小灶了，这也是他班主任的意思。

宋扬点头，说，好的，补就补吧。

她还在阐述补习的重要意义。她说，可逸班里好多人都在校外补习，他们上升速度很快，可逸原来是第7名的，现在被挤下来了，那些家长都很保密自己孩子是在哪儿补习的，唉，在中国读点书怎么搞成这样了？

宋扬说，好的，就去补吧。

孙丽娜扬了扬眉，瞟了他一眼。那意思是：就去补吧？你以为这么容易？

果然，她接下来告诉他，现在各种校外培训班鱼龙混杂，自己好不容易打听到了一家好的，老师与学生一对一教学。

一对一？宋扬问。

嗯。她说，咱们可逸比较内向，不会主动提问，上统班意义不大，尤其是科学、英语，他需要老师一对一地指点，查漏补缺。

宋扬想着儿子苍白的小脸，心里有些怜悯。他听见前妻在说，这个培训班的老师，都是应对中考经验丰富的老师，有好几位是从重点中学辞职出来专干这个的。

宋扬点头。他听到了钟楼大厦的钟声在隐约传来，可能是7点了吧。他就直接问她了：要多少学费？

她说，4万。

啊？宋扬吃了一惊，说，这么贵！

他的反应在她意料之中。她脸上对他的轻视和焦虑在涌起来。她说，英语请的是外教，也是一对一的，一小时300块钱，宋扬，这个班生意好到不托人都进不去了，你以为啊。

她的声音在趋向激动，她说，可逸他们班哪一个人不在补课？我们不补怎么可以！

她说，你出两万吧，我跟何家宝（她现任老公）出两万。

她说，原本这个钱不要你出也可以的，我跟家宝出出就算了，他也算是大气的，这些年他花在咱可逸身上的钱可没少，但是，宋扬，没有这个道理的，家宝再大气，毕竟你是可逸的爹。

路灯下宋扬的脸像一块突然起皱的灰暗棉布，他一边走向自己的自行车，一边向她摇手，说，好啦好啦，我明天把钱打给你。

他骑着车走了。她看着他像来时那样缩着脖子骑远了的背影，心里突然也不太好过了。

她转念又想，就当是给你吃点压力吧，否则儿子的事你啥都不操心，凭什么呀。

这是她与他离婚后一贯的思维。

同学会

二

生活就是这样子，一旦散伙，走开去，彼此就真的如轻尘一般了，当然这也说明彼此确实没有缘分，或者骨子里都是利落的人。

从中山路骑到宋扬父母家所在的蓝岗小区，需穿过大半个城市，40分钟。与孙丽娜离婚后，宋扬一直住在父母家。

　　宋扬一边骑，一边想着儿子宋可逸校外补习的事。

　　前妻的脸在他面前晃动，这让他心烦。

　　12年前，儿子3岁的时候，他们离婚了。之后，彼此的联络省得不能再省。12年短暂得就像一瞬间，近得好似昨天还在屋檐下争吵，吵到万念俱灭。可能正因为经历心碎，12年这点时间对于在心底里消退一个人的影子也已足够了。生活就是这样子，一旦散伙，走开去，彼此就真的如轻尘一般了，当然这也说明彼此确实没有缘分，或者骨子里都是利落的人。虽然当时她伤得他够呛。

　　如果没有这个儿子宋可逸，这一生就不会有任何牵绊了。

　　是的，前妻孙丽娜是一个利落的人。1990年，宋扬大学毕业分配进大型国企化工厂宣传部的时候，她是厂里的厂花，中专生，聪明机灵，一眼看中了大学生宋扬，结果倒追成功。两人1993年结婚，1997年有了儿子宋可逸。如果时代不疾不缓，他们的生活一定波澜不惊，就像儿子的名字，安逸从容。宋扬自小就是安静的人，好说话，性格被动，安于别人的安排。宋扬在大学里学的是新闻，但毕业那年，刚好受前一年的影响，没有一家新闻单位进应届生。但宋扬好歹进了一家国企，80年代末90年代初的大型国企，待遇较佳，工作安稳，他在厂宣传部办办内刊，出出板报，给领导写写发言稿，也就安然于处境了。他与孙丽娜结婚后，小日子幸福平顺。

但这个时代没这么好说。变数以各种"转型"的面目突然而至，落到小人物的屋檐下，就是改革的成本。到1995年的时候，宋扬他们厂子突然不太行了，再接下来，有人下海，有人下岗，到1998年的时候有工人需买断工龄了……所有的变数，在回首中好像是分分钟的，而在情境中，只有那些直觉超强的人才会有警觉。

孙丽娜就是有直觉的人。也可能女人对于时代的变化常常比男人更敏感。只是她们的表现方式首先是对男人的抱怨。

也就是在那一阵，孙丽娜对宋扬的抱怨如突然决堤的河水。她说，哪一位同学办公司了，哪一位同事南下了，哪一位做房地产了，哪一位跳槽了……她让他去找领导承包文化公司，她让他活动活动，调到机关去，电视台去，你不是说有老同学在那里吗，关系是要去跑出来的，约他们一起吃个饭吧……在她的抱怨声中，他像一只鸵鸟，这是他的个性。那一阵他钻在自己的写作爱好中。她一针见血地指出，你写不出什么，因为你的文字里没人气，因为你根本没看见外面变成啥了。

这伤了他。

收入也在减少。于是她控制他的开销。

与她的抱怨一起到来的，是他们的争吵。其实他不是个计较的人，但那一阵被她的情绪驱使，也每寸必争，因为他愤然于她对自己的刺伤。最初争吵时，都是从家务琐事开始，从说不出理由的龃龉开始，但后来，甚至牵动到了双方的家庭和家庭的价值观。孙丽娜的母亲在小两口刚结婚的时候，对宋扬十分谦卑，因为女儿找了个名校的大学生，而到后来的这个时期，老太太也在抱怨这个女婿不太有用。

争端埋藏着不同的价值观。彼此不同的家庭背景在纠纷来临时，就显出了对于生活定义的致命分歧。宋扬说，你们小市民，好胜心强，焦虑，小心眼，常有理，嘴尖，假。

小市民又怎么样了，起码比你这书呆子强。孙丽娜说，你可以不给我提供好的生活条件，但不可以不给我梦想。

她留下了这句"名言"，转身就跟着别人去做传销了。

在麻烦面前，性格被动的宋扬其笨手笨脚的一面毕现无疑。

那一阵，他在厂里按部就班地上那个越来越闲散的班。而她在与人做传销过程中，有了外遇。

宋扬与她分手。分手后，她嫁给了那个带她做传销的小学同学何家宝，此人原先是厂里的工人，南下广东打工，脑子活络，贩服装，做传销，早早地开了一辆皇冠，办了个小饭店，后来与人搭伙做了一家外贸公司。

以宋扬后来的处境衡量，如果除去她的出轨，她对于宋扬的所有埋怨都出于好意。因为她说的这句话被这个时代证实：如果发现什么不对劲了，早走比晚走好，早动比晚动好，你服务的机构没有谁来主动提醒你，相反他们要你顶住的时候，你得相反，他们要你向左走的时候，你得向右拐，否则轮着你自己吃亏。

后来，等到厂子彻底不行了，宋扬的自谋出路就有些晚了。接下来的近十年，他在文化、电商、旅游等等行业里周转，他不是能混的人，后来终于由一位师弟介绍进了一家出版社做了编辑，这时候的出版业也不是早些年火红的时候了，深受新媒体冲击，做得比较累。对于宋扬本人，这么一通周折，待遇、职称什么的都晚了。

宋扬沿着路边骑行，前面再过两个路口就到蓝岗小区了。前妻孙丽娜的脸在面前晃动，他想着她刚才说何家宝如何如何的样子，鼻翼里呛着一股冷空气。

他知道他们也未必混得怎么样，这十几年做生意的人，起起伏伏的多着呢。如果你孙丽娜真的富贵，也不至于总是对我提需求，也不至于还要到旅游公司去上班，人家做全职太太的人多的是。

他是这样猜测的。而她肯定不这样认为。因为她在他面前总是摆着好上几等的姿态。

那么，你们就好去吧。宋扬想。

如果两人之间没有儿子宋可逸，他与这女人绝对不会有联系了。但问题就是有这么个儿子，这个纽带就永远存在了。

如今宋可逸已经15岁了，1米73的身高，青涩内向的中学生模样，与宋扬小时候几乎一模一样。这12年来，儿子一直随母亲生活。开始的时候，宋扬每周见儿子一次，后来儿子上初中了，功课忙了，就改成每两周父子俩吃一次饭。而眼下，可逸初二下学期了，要冲刺中考了，双休日有时学校补课，于是宋扬每个月只能与他见一次，见面的地方是必胜客，因为儿子喜欢吃披萨。

宋扬感觉儿子在长大，并且与自己越来越远。每当想着儿子远远的样子，宋扬就会心痛。是的，只要想到这世上有一个男孩想着自己是爸爸，却无法每天相见，他就心痛。他想，我小时候也没有这样的纠结。

同学会

三

于是，这一刻他突然感觉要向老师交成绩单了。

宋扬走进父母的家。两位老人正在等他吃饭。爸爸宋之江是大学退休老师，妈妈李安娜是化工研究所的退休研究员。

　　他们注意到了儿子的脸色有些疲惫，问，今天怎么这么晚？

　　宋扬说，单位里有些事。

　　三个人就坐在桌边吃饭。饭菜有些凉了，他对爸妈说，以后你们先吃吧，不用等我的。

　　这话他以前也说过。但他们不会听的。他们像许多个夜晚的这一刻，悄悄地留意着儿子的气色，心里对他有怜悯、发愁。

　　这儿子离婚已12年了，至今单着，也不知道他急不急。他们催他总得再找一个吧，这样下去，你老了怎么办？再这样下去，爸妈走了，也不会放心。

　　今天与以往一样，吃饭的过程中，他们又旁敲侧击着这个话题。问啊暗示啊，让宋扬感觉到了焦虑就像一朵云飘浮在餐桌上。不知今天会不会下雨。他想，找也没这么容易，对得上眼的还偏偏没有，而将就的，已经历过一场了，也怕了，尤其是别人牵线搭桥过来的那几位，接触了几次后，发现她们都是较主观的急性子，也可能女人到一定年纪还单着就都成了急性子，而他已怕了急性子，孙丽娜就是急性子……

吃完饭，宋扬走进了自己的小房间，把爸妈的忧愁和自己的心烦意乱关在了门外。

他在电脑前坐下来，看看写写。他从小就住在这里，后来结婚了，搬出去，与孙丽娜住到了化工厂宿舍楼，再后来，离婚了，他又回来了。爸妈倒是喜欢他住在这里，一方面觉得可以照顾他，另一方觉得可以督促。只是，督促了12年了，还是没有结果，于是他们都快愁死了。

今天宋扬在写一个书稿的策划文案。现在图书业不景气，定选题变得慎之又慎，最近他想拉一家民营企业做一本自我宣传的图书，这类书虽没什么市场，但因有企业资金支撑，所以能为出版社赚点钱回来。

在宋扬打字过程中，手机响了，接听，是大学同学赵风。

嘿。赵风说，宋扬，这个星期天的同学会，你来吗？

星期天？宋扬说。心里在想有什么推辞理由，星期天就不去了。

电话那头好像知道他在想什么，赵风在说，唉，别推了，你每次都不来，老同学都在想你哪。

赵风这么说，宋扬就有些支吾了，他说，星期天我可能要去南京。

赵风抱怨，南京就以后去吧，这次同学会好不容易呢，入学28年哪，这次有三大喜事，方海波公司上市，冯丽当上了江南模范一中的副校长，尤其是赵立成老师成功做了白内障手术，视力好转，他想看看学生们哪……

宋扬嘟哝，我争取。

赵风说，来吧，这次聚会我们都准备了一个月了，你得来，你不来的话，有点过分了，你每次都不来，人家还以为你见不得人了，没吧，宋扬，你来吧，让咱们瞧瞧你呀。

赵风这最后一句话，对宋扬产生了比较严重的暗示。

其实这些年，宋扬很少参加同学会，面对一群老同学，好像面对了最初的起点以及这些年不平顺的时光，这令他感觉落魄和失意。所以，他习惯性地找理由不去。

现在放下手机，宋扬心想，老是不去，人家确实会想我怎么了，去不去呢？

他是没有这个心情。灰头土脸的，习惯"宅"了，好像也怯了被别人问这问那，尤其还怯了看别人在那里表现如何过得好。因为这里有比较。倒不是看不得别人好，而是难堪于自己的失意，失落时间就这么过去了。

但今晚，宋扬有些犹豫了。他想，就像赵风讲的，自己总不参加，他们会怎么议论？哎，他们怎么这么喜欢开同学会？宋扬因此想到了今天怎么连着两个老同学李越明、赵风打电话过来，说的都是同学会的事，是不是眼下谁都在开同学会？由此他还想到了赵立成老教授眼睛手术后想看看大家，这让他有些感伤，因为赵老师是自己的论文指导老师，他带自己的时候，帅得像濮存昕，而且比现在的濮存昕还年轻。

也因此，宋扬想到了等着自己电话的卓立老师。

哎哟，差点忘了。宋扬赶紧拿起手机，找到了李越明发过来的那条短信。他看着那个号码，手指有点颤抖。现在打过去吗？

他环顾小房间，日光灯下，房间里好像蒙了一层灰蒙蒙的雾气。他想自己该怎么跟卓老师寒暄呢。其实这不难，但他想象她会问他这些年怎么样。这是一定的。于是，这一刻他突然感觉要向老师交成绩单了。在这样一个千头万绪的夜晚，跟小学老师说什么呢？

　　他记得小时候卓老师喜欢自己，自己成绩不是最好，但她还是让自己当班长。

　　后来到中学以后，他再也没当过干部了。所以小学班长是他这辈子当过的最大的官。

　　宋扬看着手机上的那个号码，心里犹豫。他不知道说什么，或者说，隔了几十年的时光，他不知道怎么介绍自己，因为他直觉到了卓老师对自己的期待，否则她怎么会让人来找呢？

　　他看着那个号码，像所有性格"宅"的男人，犹豫着，拖延着，后来他想，要不明天再打吧，这个时间点，卓老师可能休息了。

同学会

四

从乍见的惊讶、兴奋，到叙旧中的少年温情，到抱团取暖，再到彼此打探，长吁短叹，再到暗中PK，再到被人比的自我感受……这些情绪也体现在许多张脸上，它们的背面是这个时代飞逝的云烟。

宋扬准备以"打酱油"的姿态出现在星期天的大学同学会上。

他还真的以"打酱油"的姿态出现在同学会上了。

大学这个班级，一共80人，来了63位，规模已算浩大。同学会按赵风等人策划的程序进行，先是参观母校，拜访赵立成老先生（场面催人泪下），然后去小会议室里播放老照片PPT叙旧，然后是聚餐，然后是有兴趣的同学去集体K歌……

宋扬发现，其实也没这么多人盯着自己，自己真的来了，那些同学也就笑着点头："哈，宋扬，你没变，一点没变"；"哈，宋扬，在做什么呢，还行吗"……

宋扬说"还行还行，将就将就"，也就打发过去了。在这样的兴奋场合，没人刨根问底，宋扬发现，那些热络主动的人，兴致其实是在表现他们自己——在了解别人之前，先表现自己，以在气场上压住自己阵脚，这样在接下来的时间里，刷旧情时，才能显得从容不迫。怀旧也是要有心境的，心境有时来自比较的地势高低。而那些不太言语的人，估计或者情况跟宋扬自己差不多，或者特别懂事，知道什么该问，什么点到为止。

宋扬坐在会议室的角落里，咬着一把瓜子。屏幕上一张张老照片，如水波一样划过去。那时候的男生看上去都有些相像，精干巴瘦的，哪像如今已长得千姿百态。放到宋扬时，好些人在笑，因为照片上的他留了长发，还卷着，那个年代流行过这一款。

坐在身边的一个眼镜女生笑着问宋扬，呵，你现在做什么？

编书。

哦。她眼睛里是让你感觉得到的同情。果然她轻摇着头，说，不容易不容易，现在我都不太看书了，只看看网络，宋扬，不容易不容易。

后来，一位在北京发展的老同学在介绍自己时，眼镜女生跟宋扬轻轻笑语：呵，其实哪，这些年不出去的人，待咱这边也蛮有机会的，二线城市有二线城市的优势，我老公他舅就让他去上海，他没去，结果在这儿做房地产，也搞到了个把亿……

后来，眼镜女生去了洗手间，坐在宋扬另一侧的一个胖女生轻声对他嘀咕起来，好似在安抚刚才眼镜女生所言对他产生的冲击：呵，她呀，都没说她老公他爸的哥是谁……呵呵她老公，做生意做到这一步的，也让人挂心，她前几天还来对我哭诉了一场，我也只好劝她想开点，男人嘛……

再后来，本次同学会组织者之一赵风宣布：感谢同学李育苗，李育苗代表各位老同学向学校捐献一座花岗岩雕塑，同时，今天聚餐的钱也将由咱们的这位李同学出了。

掌声中，宋扬感觉到了坐在他前面的两位男生有些不爽，他们在轻声说：谁让他代表了？就他有钱？我们平时总是被人代表，连开个同学会也被代表了，呵呵呵呵，连每人出个300块钱饭费，也没钱似的了……

所以，后面的场合，宋扬基本闭嘴，他明白在这样的时候，作为比较虚弱的自己，要让人少评议，让自己少接受暗示，最好的办法就是少开嘴，少说。

于是宋扬坐在角落里，去打量一场同学会所具有的各种滋味：从乍见的惊讶、兴奋，到叙旧中的少年温情，到抱团取暖，再到彼此打探，长吁短叹，再到暗中PK，再到被人比的自我感受……这些情绪也体现在许多张脸上，它们的背面是这个时代飞逝的云烟。而全班首富方海波坐在高处，将所有的情绪抛在后面，因为他一骑绝尘，如今做新能源产业，做得风生水起，人也变得持重、温厚，引起的集体服帖是不折不扣的。

后来聚餐时，宋扬还是成了众人话题的焦点，让他窘极。

起因是老同学、前班长马哥的一句玩笑。一桌人吃喝、逗笑间，马哥突然说，哎，宋扬，十几年没见你了，你怎么一点都没变，还是娃娃脸，就你这样子再去骗个小姑娘一点事儿都没有。

于是一桌人都表示关切，建议道，宋扬，对啊，这年纪还俏哪。

宋扬脸都红了，他想，他们怎么知道我离婚了，我可没跟他们讲过。

一桌人在表达关切的同时，也开始了调侃，说，没结婚又不等于单身，宋扬，失去的是一棵树，得到的可是一片森林……

而几位女生如今已是熟妇状，婆妈神采，纷纷表示要给宋扬介绍对象。

这么说着，突然有人指着同桌的女生孟梅说，要不你俩搭伙算了，不是正好吗，搭伙搭伙。

这么一建议，这一桌就成了说媒、撮合大会。兴奋的言语像海浪一样起潮，扑到了宋扬和那位女生脸上。"对啊，远在天边，近在眼前，还要去哪儿找呀，再说，还是老同学哪，知根知底。"

那女生也在躲闪。她叫孟梅，是一个大眼睛的女生，削得短短的头发，穿着一件米白色的毛衣，长得娇小玲珑。宋扬见孟梅的脸窘得发红。她在说，转移话题，各位转移话题。

孟梅如今是一所大学的副教授，有过一段婚姻，前夫2002年死于车祸。此后，她一直一个人过着。记得读大学的时候，孟梅绰号"小猫咪"，有明朗的小布尔乔亚气质，而如今是娴静、朴素的，甚至有些寡言。

现在女生孟梅摆手让这些老同学"转移话题"，他们哪肯。他们越说越觉得这两老同学合适，去哪儿找呀，他们说，搭伙，强烈要求，你们俩搭伙不是挺好吗，搭伙搭伙。

他们把赵风拉到这桌，说，你组织的这场同学会最大的成果，可能就在这里了，赵风你让他俩敬你一杯。

众人欢声笑言，拉郎配，带着点半真半假的意思。众声喧哗中，除了宋扬、孟梅有些尴尬之外（说真的，他俩在大学时并不相熟），还有一个人的脸神在局促着。

那就是班级首富方海波。

此刻坐在同一张桌上的方海波，20多年前是孟梅大学时代的男朋友。大四那年，女生孟梅对方海波提出分手的时候，这伶牙俐齿的男生悲伤欲绝。今天他出现在这同学会上，所引起的普遍性羡慕，是对孟梅不幸人生的反衬。是啊，生活就是这样充满偶然，时时走眼，对青涩时期的男生女生而言。

即使时光印证走眼，那又如何，日子还要过下去。或许相信，日子走到如今这般，总是有它的道理。

同学会散场时，同学们看见孟梅一个人走向路边准备打车，于是起哄：宋扬送啊，送啊。

搞得两位当事人窘得不知如何收场，如何收他们的兴致。

马哥甚至把宋扬塞进了那辆停到了面前的出租车，酒气冲天地说，阿米尔，冲。

车租车驰往孟梅所居住的大学校区。两位老同学面对这突然静下来的两人时间段，有些尴尬，于是有些调侃地说那些同学怎么这么"好玩"。

宋扬说，以前同学会我来得不多，这一次原本也不想来，因为一个小学老师的关系……

她点头，说，就是，这些年同学会我也不太参加，这次主要想看看赵立成老先生……

他顺着她的话，说，总觉得过了这么多年，可能有些格格不入了，我有些"宅"了。

她说，就是，我也挺"宅"的。

他嘟哝，我这人有点怕回头。

她笑笑，说，就是，这年头可能人只能往前走，别回头，也别比较。

突然他们都不吱声了，好像感觉彼此在寻找共同点似的，也好似两个不走运的人在互相安慰似的。反正，这一刻，好像有这感觉，这感觉连带着刚才那些老同学的起哄，让车里的空气突然变得有些不自在了。

暂时无语。这空气变得更局促了。出租车司机突然说，你们是参加同学会了？

宋扬说，是的，28年的同学会。

司机笑笑，说，我前两天也参加了同学会，小学同学会，上个月参加了战友会。

宋扬孟梅都笑了，有点异口同声地感叹：呵，是不是现在谁都在开同学会？

司机是一个中年人，像许多开出租车的人爱评论国事、人生一样，他说，同学同学，帮帮总有，搞了半天，也就小时候的情感有点真的……

因为有这司机的介入，空气又轻松了，宋扬在快到孟梅的大学的时候，说，孟梅，我们以后多联系。

孟梅转过脸来，她的大眼睛折射着车窗外的灯光，她笑道，好啊。

她拿出手机，说，扫一下微信吧。

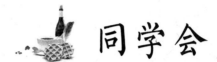

同学会

五

他们会彼此点赞，好像心照不宣似地夸一下对方，让彼此感觉良好。

作为我们故事的主人公，老同学宋扬与孟梅当然是有戏的。

但是，这"有戏"的节奏，在最开始阶段进展得有些慢。

这符合所有他们这个年龄段婚姻重组者的实情，并且，还因为他俩是老同学，其情感爆发有他们的难点：本来就相识，但大学时并没对上眼，也就是不来电，而且，孟梅那时候有男朋友方海波，小两口是全班皆知的"一对幸福小人儿"，并且方海波也是同班同学……这样的知情知底，让如今的宋扬孟梅要发生突如其来的情感燎原烈火，这是不可能的。

甚至一不留神，都可能各自奔忙，君子之交，如水之淡了。

好在，他们的手机上互加了微信朋友圈，并且有同班同学的群，他俩被同学拉进了群。于是各种追问、打趣……就像甩不脱的鼻涕，演变成生活中的花絮。比如，马哥在群里当众开问：约了吗，宋扬，约了吗，孟梅？赵风接上，问：同学会的硕果啥时结啊？

这些花絮飘飘扬扬，多少会落入心里，就成一个细小的概念，或者一个似有似无的念头：真的可以吗？

于是就会去留意他或者她。不是加了对方的微信吗？他发现她爱看画展、艺术展，每个星期天都去看。她发现他可能确实挺

"宅"，发的自我生活类微信很少，多为各种转帖，关于"好小说的一百个开文""好作家的坏脾气"……

他们会彼此点赞，好像心照不宣似地夸一下对方，让彼此感觉良好。这是不是有点用意了？

终于有一天，他在点赞了她的一个关于印象派画展的预告时，她随便跟了一句：去看吗？

他回：去。

他们的线下交往就是这样开始的。

星期天下午，他在美术馆门前等她。

在此之前，他刚刚跟儿子在必胜客吃了饭。儿子告诉他补习班已经上了，效果还可以。他说，可以就好，爸爸的钱花得就值得。儿子吃完饭就得去补英语，儿子问他，爸爸下午做什么呢？他眨巴了一下眼睛，说，爸爸要去看一个画展。他注意到儿子眼睛里的向往之色，就问，你也想去吗？儿子懂事地嘟哝道，现在不可以去。吃完饭，他和儿子走到了门外，前妻孙丽娜开着车来接儿子去补习。而他就骑车到美术馆。

他站在美术馆门前，看见老同学孟梅走过来，她穿着一件柠檬黄的长裙，在阳光下显得很明亮。她向他挥挥说，嘿，老同学。

那天他们慢慢地浏览那些画作。看了一个小时也就看完了。接下来呢？

接下来，他们在美术馆前分手。原本宋扬想请她喝杯咖啡。她笑道，算啦，省省吧。她说自己要去学校，晚上还有一节课，得去备一下课。她就走去乘坐地铁。

宋扬骑车往家里去的路上，想着刚才邀请她喝咖啡时，她脸好像红了一下。她的短发显得很精神。自己会喜欢她吗？宋扬想，老同学，同学会，多年不联系，这些同学就像潜伏的信号，说不定哪天一个个出现，跟你有了什么联系，否则怎么突然一个个都出现了。这么想着，突然就想到了小学班主任卓立老师的那个电话，哎哟，都拖了两个星期了。他骑着车，掠过一条条街巷，心想，回家就给她打。

其实，那天同学会上，宋扬就想起了卓立老师这事，当时这个电话已拖了三天，他想，回家就打电话。结果同学会后送孟梅回家，回来时已是晚上十点多钟了，他估计卓老师已睡觉了，就明天打吧。结果第二天又忘记了，或者说拖延症又犯了。

宋扬坐在自己的小房间里给卓老师打电话，没人接。一直没人接。

这一天在接下来的时间里，宋扬打了几次，那头一直是"嘟嘟嘟"，一直没人接。

宋扬有些不安了。他想，卓老师去哪儿了？

在随后的几天，宋扬又打过几次，都没人接。他想到了卓老师的年纪，他的不安慢慢趋强。他想，卓老师可是想见我一面的。

终于有一天，宋扬给李越明打了一个电话，问他，卓老师家的电话总是没人接，不知怎么回事，你还有她的手机号码吗？

没有。李越明瓮声瓮气地说，没人接？不会啊，卓老师上次说她平时都在家的。

哦。李越明突然想起来了，说，会不会她去澳大利亚了，上次她好像说过，她过段时间可能会去澳大利亚看女儿。

李越明建议，宋扬，你有空的时候多打打，没准，她哪天回来了。

所以，现在宋扬每天晚上，都给卓老师家打一个电话，他听着那头的"嘟嘟嘟"声，想着卓老师当年圆圆的脸，戴着眼镜，微笑着。

同学会

六

在情感似有若无、并没那么强烈的状态下，这样的煽风点火是有作用的，因为它对当事人构成暗示，让他们有被认可了的感觉，从而慢慢心里生热。

接下来的日子，宋扬与孟梅还在来往，以宋扬的性子，是似有似无地来往，点赞微信，然后对方问"去看（画展、音乐会、话剧、京剧、讲座……）吗"，答"去"……

虽然不是那么强烈，但那种走近后的亲切感，在一点点滋生。

大学同学的群里，也在传绯闻："哗，昨晚我看到宋扬跟某人了，在看演出"；"哗，给我撞上了，孟梅居然跟某人在逛街，是逛街吗，我可不知道，我就看见他们走在一起"；"呵呵，这么说，我们下一场同学会，可能是一场婚礼"……

在情感似有若无、并没那么强烈的状态下，这样的煽风点火是有作用的，因为它对当事人构成暗示，让他们有被认可了的感觉，从而慢慢心里生热。于是，接下来，宋扬发现，孟梅好像在渐渐主动。

后来他对别人说，开始是我主动，后来是她主动。

不管宋扬怎样理解主动与被动，反正，比他们更主动的是双方家长，尤其是宋扬的老爸宋之江。他不知从哪儿道听途说了一点儿信息，心里一乐，居然找到了孟梅的父母，一对中学老师，于是两家大人先急在了一起，都说，多好啊，本来就是老同学，彼此了解，知根知底的，这个年纪了，比去外面找来的不知靠谱多少。

两家老人一见如故，并由此先活动到了一起，一起去公园玩，一起参加老年书画活动，然后一起催这对倒霉的子女。

他们不约而同对子女表达了这个意思：知根底没劲？呸，就是要知根知底，这年头如果是幼儿园就同学，那就更好了，真感谢那场同学会！

宋之江甚至对儿子说，如果早知道你后来的婚姻这么难，你读大学的第一天，我就让你赶紧找。

虽然最初老同学们的撮合是一场打趣，虽然爸妈的催促来自他们的好心和无奈，而对于孟梅来说，她确实也想要安定了。

到她这个年纪，去哪儿找同年龄段的合适男人，更何况宋扬还是大学同学。再说从去年以来，自己身体明显没以前好了，病痛的时候，心里就发愁。有一天半夜，突然醒过来，看着学校宿舍里清冷的四壁，心想，如果这样死过去了，是没人知道的。

孟梅的主动，还来自主动后的感受——宋扬的温和、好说话是一目了然的。那种单身者的可怜感也是一目了然的，它也映照了孟梅自己的孤单，和彼此取暖的决心。

于是，两个原本在大学时代没来电的老同学，在走向姻缘。

这样的姻缘理应是成熟的，忍让的，回避该回避的一切，懂得该懂得的一切。

这一点明确之后，势态就如破竹。四个月后，宋扬与孟梅就登记了。

大学同学的微信群里，嚷嚷"摆酒"之声此起彼伏。

后来大家突然想到了：以本地风俗，再婚的好像没这么高调的。

那怎么办？

于是有人出主意：再婚的中午摆酒，就没事了。

那么中午摆酒的都是再婚的？

屁，凭什么歧视重组家庭？凭什么重组家庭只能中午摆酒，甚至不摆酒？马哥生气了，他在群里质问。

对啊，重组家庭有利于社会稳定，凭什么不能晚上摆酒？宋扬，我们就晚上摆！赵风说。作为上一场同学会的组织者，他可要亲眼目睹那次同学会的丰硕成果。

宋扬孟梅又开始犯窘了，因为他们原本压根儿没想摆酒。这样的牵手，所有的感觉都是趋向低调的。这一点，在他俩心里毫无疑问。

但同学们对于这桩婚姻有强烈的参与感，本来嘛，它就是我们煽情煽出来的。同学赵风说，这场婚礼众所期盼，它不仅是婚礼，也是一场同学会呀。

没错，同学会。这不就得了，管他新婚再婚，它是同学会，这才是根本。

于是，以此地风俗，即使再婚，同学会总是所向披靡，晚上摆酒！叫上所有的师生，告诉他们，世上所有的路，也可能是弯路，走到最后又走到了美好的开头部分，同学们，给我"顶"哪。

于是，到秋天的时候，老同学宋扬孟梅婚礼暨大学班级同学会热闹举行了。

同学会

七

儿子咬了一下嘴巴，嘟哝，她一个家，你也有一个家了，就我没家了。

因为偶尔出席的那次同学会，宋扬孟梅牵手，生活掀开了新的一章。

　　接下来的日子，与这个时代多数小人物一样，没有风起云涌、飞速变幻，只有柴米油盐的平静，理性相处的懂事，以及向彼此隐藏起各自昔日的牵绊，呈现一起过下去的心愿，就像山坡呈现着向阳的一面。

　　宋扬与孟梅各出一半的钱，买下了白杨小区的一套新房，作为两人的家。

　　宋扬在单位职级低，工资不高。孟梅在大学当副教授，收入也不多。买这个房让他们吃力，但人到这个年纪，得有一个家，所以两人下了决心，一次性买下了房。

　　孟梅知道宋扬实力有限，所以自己付了一半。其实她并不太在乎钱。这样一个世界，怎么赶好像都来不及了，当初错过了方海波，这辈子是当不了有钱人了，如果现在开销少点，省着点花，哪里都能容得下一对过日子的小夫妻吧。这是她对自己、对宋扬的想法。

　　但她知道，宋扬未必能这么想，因为他有一个儿子，转眼就得供儿子上高中、大学。

在装修新房时，宋扬想将一个小房间装成小孩房的样式。他探试地问她，可逸来的时候给他住好不好？

她说，那当然。

她把这个话题里他隐含着的不安与忧愁掠过去了，心想，你这还问我，我这么小器吗？

她感觉宋扬悄悄地舒了一口气。

她不知道的是宋扬在他俩登记之前，曾在儿子喜欢的必胜客餐厅里征求过儿子的意见。

当时必胜客人来人往，儿子在咬着一块披萨饼，津津有味的样子。宋扬轻声问儿子，爸爸结婚好不好？

儿子明显支棱起了耳朵，眼睛却迷糊地看着他，嘴里说，嗯，知道。

他那小小的脸庞，大眼睛，显得那么无辜，让宋扬心软。宋扬说，爸爸下个月跟阿姨结婚了，可逸，你答不答应？

儿子低下眼眉，点头，说，知道。

宋扬说，你高兴好不好。

儿子说，知道，我还好，因为我以前就知道爸爸总是要结婚的。

宋扬说，以前就知道？

嗯。儿子说，知道，妈妈成家了，爸爸总有一天也要成家，这个我有心理准备很久了，所以知道。

宋扬明白了儿子话里的意思，伸手轻弹了一下他的脸颊，想逗他，说，爸爸的家也是你的家。

儿子咬了一下嘴巴，嘟哝，她一个家，你也有一个家了，就我没家了。

他这么说，出乎宋扬的意外。宋扬赶紧站起来说，不要傻，爸爸的家就是你的。

儿子瞅着他，点头。然后说要回学校去了，下午补课。

那天望着可逸走远的背影，宋扬心里疼痛，这样的疼痛他无人可诉。所以，宋扬在新房里给可逸留了一小间，留了一张床，一条棉被。孟梅没有异议，他觉得这是一桩大事做好了。

平顺日子里的时间，总是过得飞快，转眼就到了第二年的冬天。这时，宋扬孟梅已渐渐适应了重组后的生活。父亲宋之江等老一辈对宋扬他们也渐渐放下心来。宋扬儿子宋可逸已通过了中考，考得还不错，考上了全市排名第三的重点高中，在他这个年纪，在他这样的家庭处境里，内向敏感的可逸确实是尽力了。

许多个夜晚，宋扬还是会拨打那个电话，卓立老师的电话。

那边还是没人接听。

他想着卓立老师当年圆圆的脸庞，温和的笑容，在班里她最喜欢的就是自己了。

宋扬怀疑，冥冥之中有一些命定的东西，如果那天小学校友李越明没告诉自己卓老师在惦记以前的学生，在寻找自己，那么自己未必会在同一天接到大学同学赵风的电话时，心里纠结一下，觉得该去看看赵立成老先生以及同学，没准他们谁正想着自己呢。而如果那次不去，那么就不可能在时隔28年之后结缘孟梅；而如果没结缘孟梅，就没有这个家了。

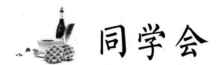 同学会

八

路灯照耀着她急切的神情，这使她风姿犹存的脸上显现着明确的焦虑。宋扬在这片焦虑中首先感受到的是她的意志。她向他提要求时多半是这样的神情。

冬天正在来临，窗外的梧桐落叶翻飞。有天下班之前，宋扬接到了前妻孙丽娜的电话。她说，你下班后能不能过来一下，有事要商量。

下班后，宋扬像以往许多次一样，心情不安地骑车过去。在中山路迪亚旅游公司门前的林道上，与前妻会面，然后他们的谈话就在林道后侧的街边花园里进行。

今天孙丽娜穿着一件红色的薄棉袄，风吹起了衣角，焗成棕红色的长发在风中飘扬着。她看见他略微皱着眉头骑过来，他再婚后人长胖了一些，只是此刻脸上的神色跟以前一样，是略有心事的样子。她知道他在猜自己找他干吗。

今天她要告诉他的事是，她想给儿子转学。

她见他停好自行车转过身来，就说，宋扬，这件事我考虑了好几个星期了，这两天才算有点门路，我想让儿子转一所学校，转到外国语高中的国际合作班去，我好不容易托到了人。

路灯照耀着她急切的神情，这使她风姿犹存的脸上显现着明确的焦虑。宋扬在这片焦虑中首先感受到的是她的意志。她向他提要求时多半是这样的神情。她在说，外国语高中的国际合作班，采用美国教材，全英文上课，可逸中考时我们没想办法让他进那儿去读，亏了，所以现在得转学。

宋扬对着她点了点头。他听说过这所学校这个班，因为名声在外。另外，这些年儿子学业的具体细节都是前妻孙丽娜在张罗，他对这些不是太有概念，基本上都按她的主意进行。他知道前妻是个精明的人，儿子的事她不会搞错。

但她微皱了一下眉，看着他的眼睛，说，转学入读费是30万。

30万？

宋扬惊呼了一声。

她点头。

这个数字让宋扬心里涌起惶恐。街道上的车声在传过来。30万哪。他有些嗫嚅，对她说：可逸现在读的也是重点高中，好多人还考不进去呢，我看不转学也是可以的，不都已经读了大半年了吗……

她知道他的意思，打断他的话，告诉他，可逸现在读的这所学校虽是重点中学，但排名不是最前，全校前30名才可能考进名校，可逸现在排在80名左右。而外国语学校的国际合作班，不仅采用精英教育模式，而且每到高三时有大量的海外优质大学点对点上门招生，机会多。

想让他出国？宋扬问。

她瞅着他，眼睛里是他习惯了的轻视。她说，未必出国，但你多少也得给他多留条路，万一在这里考不上好大学呢。

他嘟哝，我看可逸未必需要。

她知道他在算钱，就有些急了，她一急，声音就带上了哭腔，好像小女孩在哭讨东西。多少年了，她都是这个样子，以前是为自己，现在是为儿子。只是这一次是30万元。

她说，你以为转学容易吗，我一个中学同学她老公在外国语学校当副校长，如果没有这层关系，这事压根儿办不了，拿着钱等着送进去的家长排长队呢，人家根本送不进去，现在学校那边我说好了，你倒不想要了。

他看着花园里光线黯淡的路灯，有几个妇女在花坛前跳广场舞。他说，你知道我有多少钱的。

她瞟了他一眼，然后继续沉浸在她自己的语境里，她说，全英文教学是一方面，另一方面，现在"海归"遍地，到可逸这一代，能不出国留学吗？这样从长远看，现在进国际合作班提前与国外课业对接，更有效率，时间才是钱哪，到高三的时候，考入国外好学校的机会也多一些。

她说，我那位同学说，温州那边的老板，让他出100万支援学校基建，都愿意，只要能让他儿子进入这个学校。有位老板直说："我儿子不完全是来读书的，他是来交朋友的，外国语学校的学生是全省最优秀的，以后都是社会精英，我儿子如果能跟他们成为中学同学，这辈子都用得着。"你看看人家这意识。

宋扬有些恍惚地听着。她瞟了他一眼，知道他在算钱。她心里有一些怜悯在泛起来。她嘟哝，你出10万好不好？

宋扬在想，去年买了房以后，自己现在全部存款也就20万元左右。

他支吾着不说话的样子，让孙丽娜的轻视也在升起来。

她说，另外20万由我和何家宝出吧，何家宝也算是大气的，这些年他花在咱可逸身上的钱可没少。

她看见自己的话没在他脸上激起波澜，估计他还在念叨那10万元。她就直说了，其实原来不要你出也是可以的，但没有这个道理，毕竟你是可逸的爹，再说，这两年何家宝的外贸生意也难做了。

其实，她不需要这样直白，她每次都念叨这几句。果然，宋扬局促地结束了谈话，快步往自行车方向走，好像在避开一片阴影。他眼睛没看孙丽娜，他一边俯身开车锁，一边说，好吧，我再想一想，明天告诉你。

　　宋扬骑着自行车走了，他这样子其实是已经答应了。孙丽娜对这一点有把握。她看着他骑车远去的背影，像以往每次一样，她心里又有些难过了。

同学会

九

但她也不知道为什么会这样，也可能是因为老同学重新搭伙，都看得到彼此的过去，也知道对方在想什么，甚至听得到各自隐约的叹息。只有在夜晚相拥时，好像才能忘却彼此的来源，像失意的孩子相互取暖。

宋扬从前妻孙丽娜那儿骑车回来，推开家门，看见老婆孟梅坐在餐桌边，与热腾腾的饭菜一起在等他。

　　刚才宋扬下班的时候已经打电话告诉过她了，说是单位里还有些事，要晚一点回来。

　　孟梅看了一眼宋扬，没再问他单位里有什么事今天怎么这么晚，她开始盛饭，并把菜盘一只只掀开来。她对厨艺的讲究以及好手艺，从她进入这个家的第一天起，就让他吃惊。其实这种精致讲究，与她天性里的小布尔乔亚气质一脉相承。只是这种小布尔乔亚的更多方面，比如小情小调小小逗趣撒娇，她没呈现在他的面前，好像还不习惯，真的不习惯，一起生活一年了，还不习惯。在这间屋子里她好似是略带着客气、拘谨在跟他生活，这不是她的天性。但她也不知道为什么会这样，也可能是因为老同学重新搭伙，都看得到彼此的过去，也知道对方在想什么，甚至听得到各自隐约的叹息。只有在夜晚相拥时，好像才能忘却彼此的来源，像失意的孩子相互取暖。

　　今晚在吃饭的过程中，她注意到了他在悄悄走神。她想可能是他前妻或者儿子有什么事吧。那是他身后的另一片领域，她没问。

吃完饭，宋扬洗碗。然后，他看电脑，孟梅看手机，微信朋友圈里，一些老同学在秀自己的生活和感受，那是别人的夜晚，看着看着，她站起来，说去楼下走一会。这也是她多年单身生活养成的习惯，饭后暴走一小时。

她没约他一起去。去年刚再婚的那会儿，他也跟着去过，不太适应，除了她走得飞快他有点跟不上之外，就是没有这么多话可以一路说下来，而不说话两人静静地走，也不太习惯。可能都是已习惯了单身吧，这样的搭伙是需要调试出共同的点的，一下子没有，又都是敏感的人，那么就先留下相处的好意，慢慢来吧。所以后来他就不去了，确实，在办公室里累了一天，他也想窝在家里歇一歇。

所以，今天宋扬也没跟着孟梅去暴走。刚好趁这一会儿，他可以想一想儿子转学的事，以及那10万块钱。不是他舍不得钱，而是他要算一算，儿子后年考大学，那么读大学的钱呢？看孙丽娜的样子，是想让儿子去留学的，那么留学费用呢？如果这一次10万块钱花掉了，那么后年孙丽娜再来要学费，那他可以拿出多少来呢？

孟梅九点钟暴走回来，见宋扬坐在电脑前，以为他在写他的小说或者文案。她可想不到今晚他是在网上查看留学的费用。

网上那些帖子里说，三四十万一年。

孟梅洗好脸，坐在沙发上看手机，朋友圈里各种生活秀继续上演。

这样一个夜晚，与平日没有太多的不同，明天也是寻常的一天。但今天孟梅决定让它变得有些不同，她对他的背影说，喂，我想去上海华东师大进修英语。

他说，嗯。

她说，要脱产培训4个月哪。

他回头，看了她一眼，说，哦，这样啊，为什么这么长时间？

她说，系里给了我一个去美国进修半年的名额，但必须通过英语专门考试才有资格，华东师大有个培训点，培训期就是4个月。

他点点头。

她感觉他还没明白这件事里的关键点，就继续说，我算过了，如果现在就去参加英语培训，4个月后考试过关的话，那么明年上半年就可以去美国了。而如果这次不去，那么，最近这两三年就没机会出国了，以后也不会有机会了。

他"哦"了一声。

她知道他还没明白，就继续说，明年下半年起你儿子要读高二高三了，要冲刺高考了，到那时候你操心的事肯定比较多，我在这里也多少可以帮着点，所以明年上半年对我来说刚好是个可以出去的空档，而以后呢，我都45岁的人了，学校也不会派我去了。

她的意思是，明后年你最忙的时候，总不好让你一个人留在这边而我在国外。

他就回过神来，问，怎么你突然想着出国了？

她笑了笑，说，我也想有这么个经历呀，这一辈子总得出去一次看看，再说人在高校，也看重这个。

她没说的是，不知为什么我感觉有点闷，有些没劲，也可能到这个年纪都有这种感觉，所以想突围一下，看看是不是会好一点。

她没说，但他好像感觉到了，就像感觉到了每晚这片惨白灯光，这台旧电脑，双方偶尔不留神说到各自过往的某事某人时，相遇又避开的眼神……所形成的空气，他点头，看着她的眼睛有点发愣。

孟梅从茶几上拿起一只橙子，剥着，然后走过来，递给他一半。她的脸上有释然和茫然。她告诉他，自己在上海这4个月的培训期意味着他要一个人过了。她拍了拍他的背说，双休日我会回来陪你的。

他说，没事。

她笑了笑，突然找到了个理由，安慰他似的，说：呵，这样去培训，没准能交些新同学新朋友，这年头人得有点新朋友，不是说，同学同学，帮帮总有嘛。

这是今天第二个人对宋扬说同学关系了。前一个是前妻孙丽娜，几个小时之前。

由此，他又想到了自己的那些老同学，那场同学会，以及作为源头的小学老师卓立。

于是他拿出手机，拨着那个电话号码。现在，这个号码已经熟悉无比。

像往常一样，电话铃响了很久。

但是，这一次有人接听。

喂，哪位呀？那边在问。

她在家了。宋扬听到了卓老师的声音。

他一下子记起来了，她原来就是这样的嗓音，一点都没变。

是的，他发现这声音的记忆就一直留存在脑海里。她与人说话，永远是跟小朋友说话的调子，童声童气，带着职业的痕迹。

哟，宋扬呀。卓老师又惊又喜，这使她的声音更显清脆。她说，宋扬，还真找到你了。

宋扬说，卓老师，我终于找到你了，你这一年去哪儿了？我打了无数电话就是没人接。

哦。卓老师在那头说，不好意思，不好意思，宋扬，我去澳大利亚看女儿了，回来半个月了。

宋扬说，难怪，卓老师，李越明告诉我你可能去那边了，你的电话号码也是他给我的。

噢，哈。卓老师在笑，她说，也费心宋扬你一直记着这件事，上次我托李越明找你，其实也没什么大事，就是我突然想起你们这个班，想起你了，你还好吗？

卓老师强烈的情绪从那头涌来，让宋扬又惶恐又歉疚。他环顾这屋子，孟梅正在看电视，她知道自己在给老师打电话。宋扬心想，卓老师她自己知道吗，冥冥中是她让我的生活在这一年里有了点变化呢？

卓老师在电话那头有些兴奋，她在讲她记得的小时候的宋扬。宋扬想，这么多年没去看过她，她还一直记着自己，这真不好意思。

他支吾道，还行还行，我过几天就过来看你。

卓老师就觉得自己打扰了学生，忙说，你忙的话，不来也没关系，我只是想起你们来了，我在家没事，就老想你们，只要你们还好，我就很高兴了。

她这样说，像所有寂寞的长辈。宋扬有时候好几天没回爸妈家看望他们，他们电话过来时，也是类似的言语。

卓老师说别来了别来了，但后来她又说，你来的话，我给你看一样好东西，真的很有意思。

话说到这份上，宋扬就问了，卓老师你家在哪儿，我来看你。在后来的许多个日子里，他庆幸自己问了这个问题。

卓老师说，华亭新村3幢。

啊哟，宋扬吃了一惊，就在我们白杨小区前面，隔了一条马路，没想到我们住得这么近。

是吗，卓老师笑了，这么近怎么从来没碰见过啊，不过，也可能碰见过，但没认出来，呵，这么多年了，一定认不得了。

同学会

十

其实面对以前的学生，她心里是明白的：自己想着他们的时候，是一种心情，而当他们真出现在自己面前时，心里是有另一种心情的。这样一个世界，小孩子从那扇小校门出去以后，各有各的命，温润守道，野蛮生长，偶然，必然，这世界似乎没了逻辑，或者说这逻辑跟课本上自己教他们的不太一样了。

接下来的几天，宋扬上下班路过华亭新村大门时，都在想，明天去看她吧。

到星期六上午，他拎了一篮水果，走到了华亭新村3号楼下。

与多数师生相逢的场景一样，再忐忑不安，再无衣锦荣光的自我暗示，这也是真情涌动的刹那。更何况卓老师对于宋扬还有特殊的意义。

宋扬看见一个老奶奶来给自己开门，她穿着棉长袍，戴着金丝眼镜，微笑的脸庞，依稀有原来的轮廓，她眼睛里因自己的出现而闪烁着兴奋的光泽。她从食品柜里找出零食，她还泡了一杯速溶咖啡端过来，说是从澳大利亚带回来的。她在房间里走动的步履此刻显得轻快，但被茶几绊了一下……宋扬感觉心在松下来，从窗棂落进来的阳光，使屋子里显得有些暖了。

卓立老师也在打量这个宋扬，如今即使在大街上迎面而来，也认不出了。这是个中年人，脸上有倦容，但风度翩翩。线条分明的脸，眼神温和，身材没胖，还是好看的。而当他说话时，那温文尔雅的样子与她记忆里的文静小男生终于对上了。呵，是宋扬。

他们坐在沙发上聊天。

卓老师问，你现在怎么样啊？

宋扬说，做编辑工作。

卓老师说，蛮好蛮好。

因为这个话题是宋扬这些年面对熟人所习惯回避的，所以他的眼睛有些躲闪，他看着落在地板上的光线，说，还行，普通的。

他以飞快的节奏，介绍了自己从考大学，到化工厂，到文化公司，然后到出版社的历程，他掠过了前妻、离婚、转岗、再婚以及儿子等等人物和片断（尤其是与孟梅再婚这一节，本该告诉她的，还该告诉她那天让人找他的意义，但他实在说不出口呀）。他把那杯咖啡拿起又放下，于是这30多年就这样轻巧地过去。他笑了笑，告诉自己的小学老师：蛮普通的，一般般啦。

卓老师点着头，是温和略带天真的脸色。宋扬心里在想，这成绩单就这样交啦。

他嘟哝道，混着呗。

是的，好多人都这么在过，好像没什么值得讲的故事呢。他脸上有小心翼翼的无辜。

卓老师也就没再问了。她怜爱地看着这个斯文的中年人，拍拍他的手背，笑道：好好，蛮好蛮好。

她站起来，从书架上拿了一本备课本，从里面抽出一页纸，给他看。

宋扬看起来。呵，是自己小时候的作文。难得她还留着。他微皱着眉在看，后来就开始笑，我可没做成修飞机的。

卓老师也笑了，说，我就因为翻出这篇作文，特别想见见你，还有80届4班的同学。

宋扬瞅着老师，想说点什么，但不知该说什么，脑海里似有风在吹。老师脸上的天真，和手里这页泛黄的纸，构成了一种光线，触了心底里一下，软软的。

接下来，师生俩就顺着这作文里提及的名字，说到班上别的同学。她发现他对于其他同学也一派茫然，不知道他们在哪里。

他说，大学、中学同学有时还开开同学会，而小学同学都没往来了。

宋扬看着茶几上的小学全班集体照，有些走神，而卓立老师也在想同学会的事。

卓立老师知道，开同学会这事，往往取决于班上小朋友们长大以后中间是否出现了热心人，以及是否有挣到了钱而有能力张罗的人。如果有，那么这个班的同学会就开得频繁一点（毕业周年、相遇、送别、回乡、远行、做寿、婚嫁等等都是开同学会的理由），而如果没有，那么这个班的同学会就稀落一些。但是，没开过一次同学会的班级也不太多，比如宋扬他们班。

于是她拍了拍宋扬的手背，说，有机会咱们班也聚一下，老师想看看这些小家伙现在的样子。

她瞅着茶几上的照片。

他注意到了古稀之年的她脸上的忧愁和任性。她有点像小孩童一样嘟哝：到我这个年纪，呵，人很怪的，你现在不明白，到我这个年纪，过去的事会像放电影一样在面前过，我记得你们小时候的样子……

这个时候宋扬一定得说话了，这个时候宋扬说的话一定是：卓老师，我帮你把他们去找过来。

宋扬真的这么说了。

像所有上了年纪容易唠叨的老者，卓老师沉浸在自己的语境中，她的神情，还因这位多年没见的学生突然光临而兴奋着。她说，宋扬，我记得你是这个班的班长，有机会的话可以组织一下，也可能同学们也在相互惦记着，就是没人组织呢。

宋扬呢喃点头。

说到宋扬是班长，卓老师又跳到了另一个话题。她说，你小时候成绩不是班上最好的，我选你当班长，李依依他们几个小家伙不服，问我为什么选你，我就说，因为他亲和、有教养，你们看着以后他的潜力。

卓老师看着他笑，好像坐在面前的还是当年那个孩子。宋扬腼腆了，他嘟哝，我组织，找机会组织一次。

他们又聊了一会儿，宋扬告辞了。卓老师把他送到门口。宋扬回过头说，卓老师，我会去找同学们的，有机会也办个同学会，不过可能没那么快，这个年龄段的人，估计他们也都很忙，不过我会去做的。

卓老师理解地点头，说，不方便就算了。

他说，其实，我也好奇他们现在在干什么呢。

他往楼梯下走，她大声强调：如果大家都忙的话，也就算了，宋扬。

待他走后，她在沙发上又坐了一会，突然觉得不妥起来。

是的，她感觉好像有什么不妥，这事是不是会让他觉得为难了，其实刚才这学生在说着一些什么，比如他自己"一般般啦"的时候，她心里是有一些明白的，后来怎么了，可能是今天自己太兴奋了一点。

其实面对以前的学生，她心里是明白的：自己想着他们的时候，是一种心情，而当他们真出现在自己面前时，心里是有另一种心情的。这样一个世界，小孩子从那扇小校门出去以后，各有各的命，温润守道，野蛮生长，偶然，必然，这世界似乎没了逻辑，或者说这逻辑跟课本上自己教他们的不太一样了，懂规矩的乖小孩往往并不如意。他们如意与否，则影响到了他们对于重逢的兴致。她明白这些的。呵，其实，这些年那些觉得自己混得好的，怎么着都早已让你知道了，而那些没有音讯的，总是有他对自己的要求、失意和难语。她看多了学生的这些，所以懂的。所以，可以相见但千万别比较，她心里明白这个。但那些学生未必，他们天然像镜子一样相互映照，所以他们中的有些人对于重逢未必轻松，这就是心理学上的"同伴压力"。

而宋扬呢，他今天来了，她发现自己依然喜欢他。但现在回想刚才的相逢，她此刻的印象中，除了他有些激动外，不知为什么还有他脸上的某种闪烁神情。

她在心里说，唉，只要没病没痛，好好地过着，就蛮好蛮好，真的，老师真的觉得蛮好，老师原本也没指望你们多么了不起。

这时候她甚至怀疑给他看那篇关于理想的作文也是个错误。

于是她赶紧走到电话机旁，给宋扬打电话。

她听见了他的声音，背后是喧杂的市声。估计他在街边。她说，宋扬，老师想过了，同学会组织起来太麻烦，你还是忙自己的事吧。

她还说，也不是所有的同学都有这个兴致，勉强不来，所以还是算了，宋扬。

她听见这位已人到中年的学生在说，卓老师，我明白了，我会去找他们的。

同学会

十一

迷迷糊糊中，他想着卓老师变老了的面容，想着茶几上摊着的旧相册，想着那篇作文里的可笑字句，想着一晃眼就过去的时光。他醒了。他知道是作文中轻快得像做梦一样的语气刺痛了心里的什么部位。

宋扬回到家，孟梅正在填表格，准备报名华东师大英语培训班。

她知道宋扬刚才去小学班主任家了，就问，怎么样，老师还认得你吗？

宋扬说，不讲明的话，她哪还认得，老师也变得好老了，快80岁了。

然后他告诉她，在老师家看了一篇自己小时候写的作文，那时候自己居然想当修飞机的机械师。

他说，你没想到吧，这是我小时候的理想。

她告诉他，我小时候可是认定当记者的。

他说，我这作文她收藏得可好了，竟然藏了30多年。

她说，哪天你去复印来，让我也看看。修飞机的？呵，现在老师看到你不是，可能好失望哦。

他笑道，估计是。

她安慰他，呵，老师把你的作文藏得这么好，说明她喜欢你呀。

他说，是的，小学的时候我还是班长呢。

这么一说，他自然就告诉了孟梅，自己从老师那儿接了个活儿——把小学同学找拢来，要办个同学会。

哟，孟梅说，小学同学会啊，应该比较好玩的，这可是各色人等都有的，这跟重点中学、大学的同学会不太一样，因为越到后面阶段，人的类群、职业属性就越类同，小学的可不一样。

他摇头说，问题是我跟一个小学同学都没联系了。

她知道他"宅"，当然不会有联系，也肯定没有发小。她就帮他出主意，你只要先找到一两个，然后他们分头去找，一带一，也会把人找拢来的。

其实孟梅自己这十几年也蛮封闭的，尤其是前夫去世后她单身一人住在学校，久了，也不太习惯主动与人来往。

现在，她见他窝在沙发里、没有眉目的样子，就知道张罗这事对他来说不容易。她想帮他再出出主意。突然，她眼前一亮，说，你不是说过毛泽西是你同学吗，你找他呀。

毛泽西？宋扬点头，又摇头，嘟哝：毛泽西。

是的，如果说宋扬对小学班上其他同学现状一无所知，那也是不准确的，毛泽西他就知道。呵，不仅他知道，全省人民甚至全国部分人民都知道。如今这个毛泽西是新媒体创业红人，人称"小马云"。

刚才跟卓老师聊天的时候，怎么就没想起毛泽西呢？宋扬想。当然，小学时候的毛泽西可不叫毛泽西——好古怪的名字，亏他毛俊改得出来。是的，小学同学毛俊如今改名"毛泽西"。

这名字代表的，是眼下新媒体产业中势如闪电的新锐力量，正在创造下一个互联网社交经济传奇的公司——"漫步风云"的领军者。

老年人卓立老师不知道这人就是毛俊可以理解，而宋扬一下子忘记了，也可以理解。因为每当他想起这个人时，脑子里就会有晃荡一下的虚空，所以就很少想起。并且如今毛泽西那叱咤风云的创富者形象，与小时候的同桌毛俊好像是两个人，所以宋扬很少会想到他。

而孟梅可不知道宋扬脑袋里有晃动的感觉。她以她的认知，告诉这个老公：你找他吧，估计就他现在的影响力和能力，发一声号召，无论躲在哪个角落里的小学同学都出来了。

孟梅咯咯笑起来，有点逗他的语气，说，真的，你找他没错，他能帮你，我说的是他现在搞得这么大，说不准他在别的方面也会帮帮你，同学同学，帮帮总有嘛。

宋扬捂着腮帮子，像牙痛，支吾道：嗯。

宋扬在网上搜"毛泽西"的信息，发现他一会儿在澳洲路演，一会在香港融资，一会儿在北京演讲……像一阵风在全世界飘移。这都是来自各地媒体的报道。

要找到他不容易。

终于，宋扬搜到下周日毛泽西将在省图书馆做一场励志演讲，面向年轻人，讲的是"创业意志力的加油站"。

宋扬看到的是演讲会的广告。

那就去听听吧，然后在散场之后上前告诉他：喂，毛俊，我宋扬呀，卓老师想让我们开同学会。

找呗。宋扬想，谁让他是我们班的。

宋扬这一夜没睡好。这是理所当然的。迷迷糊糊中，他想着卓老师变老了的面容，想着茶几上摊着的旧相册，想着那篇作文里的可笑字句，想着一晃眼就过去的时光。他醒了。他知道是作文中轻快得像做梦一样的语气刺痛了心里的什么部位。他听着窗外隐约传来的夜行车声。他想着周末去找毛泽西。

同学会

十二

好在宋扬总体上是个内敛、慢悠悠的人，从小到大都是这样的性子，面对别人的波澜，他已习惯性地能让自己从最初的惊羡，迅速退回到平缓安静、认命旁观的心态。这也许是庸常者保护自己心境的本能。

星期天上午，孟梅去华东师大培训班报到。宋扬原想送她到上海，但孟梅没让。她只让他送到高铁站。她说，不需要，前几年我常去华师大开会，熟悉的，下了高铁，坐地铁就行了。你还是赶紧去听你那个同学毛泽西的讲座吧，他这样的大忙人，你平时还堵不到呢，快去吧，这次联络上了，没准以后还有用场呢。呵，要不跟着他干算了。

　　用场？跟着他干？宋扬心里在想。小男孩毛俊调皮的脸庞就浮在了面前。压根儿是不一样的人。他暗自嘀咕着，把孟梅送进站，自己穿过人流，赶紧去坐公交车，奔向省图书馆。

　　到图书馆的时候，毛泽西演讲会快开始了。宋扬没想到还须凭票入场，而门票早已领完了。报告厅门口围了一大堆人，都是想进场但没票的年轻人，叽叽喳喳声一片。

　　台阶上，有人向宋扬晃着手里的门票。是黄牛吧。

　　多少钱一张？宋扬问。

　　300块。

　　这么贵？！你也是领来的呀。宋扬抱怨。

　　那家伙摊了摊手，撇嘴说，没办法，俏呗。

宋扬盯着黄牛手里的门票，心里有哀怨在升起来，天哪，现在听他讲话都要花钱了。他站在台阶上犹豫。他问黄牛：200块好不好？

黄牛摇头。

他说，毛泽西是我小学同学。

黄牛眨巴眼睛，笑着挤兑他：他还是我邻居呢。

最后两人谈成250块。

宋扬拿着这张门票进了场。报告厅里已黑压压地挤满了人，连过道上都坐满了。毛泽西已经站在讲台上了，掌声像波涛一样涌动，沸腾的气息正在滚滚而来。

宋扬赶紧入座，定睛看向讲台，一位小个子穿着火红的毛衣，伸展着手臂，在说话："人选择趋势，比他在做什么更重要，今天是由前天决定的，而前天是否有意义，在于你彼时是否有危机……"他的双手随着言语在翻飞，像羽扇，将一团团无形的火苗，从一排排座位上扇到了天花板。他说，不是成功，而是所有的失败铸就了人生的饱满……

开始的时候，宋扬是带着一些好奇，以及老同学知出处的轻视感，在注视着这宛若火种的红衣男子。渐渐地，他不得不承认这昔日的小同桌现在不仅成了财富榜样，而且成了话痨，并且与他的名字"毛泽西"以及让人联想到的那个伟大领袖有着令人惊讶的般配气息。他说一不二的话语方式、人生导师般的定义金句，像火星儿一样噼啪作响的思想火花，显得他领袖气质十足。OMG，毛泽西。宋扬有些恍惚，手里还傻乎乎地捏着那张花了250块钱买来的入场券。这个时候你说宋扬低到尘埃里去有些夸张，但说他一点都没受刺激，也是不真实的。谁让他们是小学同学，有着曾经的"同伴压力"。

宋扬就坐在这片被"创富""新媒体产业""互联网思

维""下一个爆发点"等概念点燃的激情氛围里，周围无数年轻脑袋在攒动，宋扬听着听着，也有了兴致，想到这人竟是同桌毛俊，宛若置身梦境。这个口若悬河、金句不断的家伙，不知要比自己年轻多少倍呀……刚才孟梅在车站里说"跟着他干"，嘿，还跟着他干呢，能帮他干啥？宋扬一边听，一边有些走神。

好在宋扬总体上是个内敛、慢悠悠的人，从小到大都是这样的性子，面对别人的波澜，他已习惯性地能让自己从最初的惊羡，迅速退回到平缓安静、认命旁观的心态。这也许是庸常者保护自己心境的本能。这是他的天性，也与他这些年来的经历有关，要不然还怎么着，鸵鸟有鸵鸟的本性，对于不适，会逃避，而避不开时，就认了，然后淡了。现在他有些走神，倒不全是因为反差，而是想到了一些双方家庭的往事。

这往事，令他即使是在平日里偶尔想起小学同学毛俊毛泽西时，脑袋里也会晃动一下。他知道，这类似条件反射的感觉，与自己爸爸宋之江对那一家人的态度有关。爸爸一直在跟他们比。

从宋扬二年级从乡镇小学转学到实验小学，并恰恰插班到毛俊所在的4班那天起，宋之江就对儿子说，扬扬，我们要争口气，不能比毛东月的儿子差。

他这样对儿子说，其实他自己也在跟老同事、老同学毛东月比。

两家人原本可以成为至交，如果不是因为毛东月在特殊年代里的"揭发"。

宋之江与毛东月是大学同学，毕业时双双留校，同在材料系工作。两人不仅是同窗好友，在专业上也优势互补：宋之江有天赋，早早就显露了逼人才华；毛东月专注、勤奋，像众多来自农家的子弟，能吃苦。小人物的友情，往往来自相似处境下的彼此安慰，但这也可能是脆弱的，因为每一阵风都可能让它摇摆、碎裂。而那个年代的风，又都是大风。毕业工作没几年，政治风浪接踵而至，他俩被卷入其中，宋之江因平时恃才傲物、锋芒毕露，与人结怨颇多，有些人就把斗争的矛头指向了他。也就是在这个时候，毛东月被领导找去谈话，领导说，有同志反映，宋之江对社会、对伟大领袖有不满情绪。你跟他是同学，平时走得蛮近的，但你和他不同，你一向谦虚努力，是我们发展党员的重点人选。我们很看重你，我们希望你多接近他，挖掘他的思想……

当时毛东月心里是怎么想的，没人知道，但他确实把与老同学宋之江平时属于朋友间的谈话内容都记了下来，交给了组织，结果被无限上纲，从而直接导致了宋之江被定性为"反动"。新婚不久的宋之江因此被劳改。劳改结束后，他与妻子和3岁儿子被下放在劳改地，某县的一个农场。1966年夏天，9岁儿子在当地不幸溺水身亡，那是宋扬的哥哥。宋扬很小的时候，爸妈就告诉他，在他之前还有一个哥哥，都9岁了，什么都懂了……1967年出生的宋扬只在照片中看到过他，这个穿着小军装，手捧红宝书，满脸怯生生的小哥哥。父母经历的丧子悲痛，等到宋扬自己有了孩子以后，才有更深切的体会，并因此理解他们对人生阴暗段落的永不谅解。

1978年，宋之江落实政策，重返原单位。这时候，昔日同窗毛东月已是系里的领导班子成员。而对于宋之江来说，在乡野耽搁了那么多年，哪怕转业都来不及了，人能够活着回来，就是最大的福气了。

于是，宋扬从转学到实验小学的那一天起，就听爸爸说，要争口气。

是啊，要争一口气。但，至少就宋之江本人来说，他一辈子也没争到。在后来的年月里，毛东月从系主任做到了院长，而宋之江直到退休还是讲师。

宋扬坐在图书馆沸腾的报告厅里，想着两家人的往事。在实验小学那个班里，没人知道宋扬来自父亲的压力。事实上，宋扬与他父亲是性格相反的人，宋扬从小内向淡然，这是他的天性。他虽然听进了父亲"争口气"的教诲，但其实心里并没太多与人PK的具体动力。一方面是还小，更多的原因是他文静、淡然的性子，即使心里知道父亲的期望，但化作他自己具体的行动时，他依然是淡淡的，无力的，换作今天的说法，这是他的定力，也是他的命。

更何况，作为对手的小学生毛俊好像啥事也不知道，他在班上跟宋扬来往时，是没心没肺的样子，甚至喜欢黏着宋扬听他讲三国故事，还老想跟着宋扬来他家看小人书。是的，毛俊他爸多半不会像宋之江这样把比较两家儿子作为心里的一口气来争，以毛东月所处的优势，他肯定不会把这当件事。所以毛俊无此知觉，甚至有认定宋扬成好伙伴的倾向。当然，小孩子对大人的事也会略有耳闻，毛俊有时也会天真地告诉宋扬，我爸跟你爸好像关系不太好。他说这话的样子，好像在说邻居家的猫生了一只小花猫。

恬淡性格的宋扬，在每次考试结束，面对父亲"你考得好呢还是毛俊好"的眼神，就有压力，尤其是小学最后一年，他跟毛俊成了同桌，他发现毛俊智商超群，尤其数学，每次考试都一骑绝尘，让自己望尘莫及。虽然小学生宋扬本人是淡然的，但想到父亲的焦虑，他脑袋里就会有晃动感，因为感觉让老爸失望了。这种晃动感，甚至成了他日后想起毛俊时的习惯反应，或许这就是童年心结吧。

当然，小学时代的宋扬也没太显弱，他是班长，因为班主任卓立老师喜欢这个淡然的、干干净净的小男生。所以，1980年全班就他拿到了保送重点初中的名额，卓老师说"宋扬虽不拔尖，但全面、厚德"。

再后来，宋扬考上了名校新闻系，而毛俊考上的是普通工业大学。毛俊没考好，据说是因为脑子太活络，高中阶段心思没在学习上。

这让宋扬父亲在好长一段时间里松了一口气。

掌声像暴风雨一样响起，宋扬收回走神的思绪。台上红衣毛泽西的激情演讲正在走向高潮。

宋扬发现这小学同学说话是很有技巧的。比如，每转到一个话题时，他总是先以轻柔的语气质问听者的处境，然后像导弹密集发射，猛力击打他们的自信心，颠覆他们的安稳感，让他们怀疑自己是不是错了，然后再推进他的理念。

而他的理念，往往像刚出锅的麻花，又弯弯绕又油花四溅，让你一下子反应不过来，只觉热辣有趣、耐人寻味。比如现在毛泽西指着窗外在说，什么是机会？你看看，你看看大街上，最多的是什么，是人！中国什么都缺，独不缺人，人多了，机会就少啦，但是互联网却恰恰相反，网络是什么，是人，人是什么，是网络的社交起点，是多多的机会，人多了就是我们的机会。

然后，毛泽西开始讲这个故事：20年前，也就是1994年，我去广州推销产品，想争取更多的客户，有一天深夜坐出租车，司机大哥在接连不断地打呵欠。我问他干这行累不累，司机说累。我说，其实，前些年我和你一样累，而且没钱，但现在我出门可以打的了。然后，我接着问他，你干这行有几年了？都三年啦。那么三年前的你和现在的你有没有本质的区别？没有啊。那你就错了！三年本来是足可以改变处境了，你错的不是现在，而是三年前，三年前你就选错了……于是当出租车停在我投宿的宾馆时，那个司机决定跟着我上楼去看我的产品，那天午夜，他成了我们的推广员。而如今，他成了我的副手，我最鼎力的助手，身价惊人。不是我毛泽西有多神，而是他在那个夜晚选择了正确的大趋势。

宋扬脸上有茫然，因为他觉得这故事十分耳熟。

他想起来了。20年前，小学同学毛俊不知从哪儿打听到了自己与孙丽娜位于化工厂宿舍区的家，跑来拉自己去做声讯台。当时毛俊坐在小板凳上，对这小两口讲这个"出租司机跟定自己创业"的故事，孙丽娜都听呆了。毛俊走后，孙丽娜说，会不会是骗子？再后来，好像是1998年，宋扬与孙丽娜闹离婚那一阵，毛俊又跑来厂里找过他，想拉他入伙做"信息服务库"，那一次毛俊好像又说了这个"出租司机"故事，对宋扬施行煽动。

所以估计，这"出租司机"是他成功励志的起点。

呵，宋扬想，是的，1994年、1998年毛俊都来找过自己，小学那一班同学中，也就偏偏是毛俊几次跑来找过自己，每次都带着"我有一个机会"的激动表情。这么想来，其实最早应该是1992年夏天，失去联系N年的小学同学毛俊突然跑来化工厂宣传部，找宋扬借身份证。他一边抹汗，一边说，帮我在厂里多借些工人的身份证吧，要不，你也跟我一起去深圳买股票认购证。借身份证这事，宋扬当然没给他办，但毛俊好像没往心里去。第二年他又来了，这次是说自己在小商品城找了一个摊位，一起去广州发货吧。宋扬记得，当时眉飞色舞的毛俊穿着件可笑的文化衫，上写"烦着哪，别理我"；宋扬还记得自己当时瞅着这像精灵小猴的小学同学，心想，呵，你果真是压根儿不知道我家曾把你我当作较劲的对手呢，跟你混，我爸知道了会生气的。

回想起来，在1990年至2000年间，也就是在宋扬与孙丽娜恋爱、结婚、离婚那个时段里，小学同学毛俊像一只跳蚤，不时蹦跳着来找宋扬，"我告诉你一个机会"，每次都兴奋无比。这是他的性格使然吧。

只是每一次宋扬都没跟他去。

后来，毛俊就不来了。进入新千年后，整整有十几年没联系了。再后来，毛俊成了"风云毛泽西"。

宋扬这些年不太去想毛俊这个老同学，除了想到他脑子里会有童年时代的那种晃动感之外，还与上述经历有关，因为回头处，这些经历，像在印证自己的走眼。这就是命吧。

而今天，在省图书馆，宋扬又一次听到了"出租司机"的案例。他心里有些奇怪的念头：如果1992年我被他说动了，那么今天他举的例子就是我吧，哦，这么说，我这辈子最大的遗憾就是错过了他，人生最初的小朋友。

于是他想到了老爸宋之江的脸。

估计老爸也得认这个事实，虽然在认之前，他老人家可能得昏倒。

宋扬脸上有一丝笑意，他继续打量台上的小学同学。他听见毛泽西在说：

在座的各位朋友，让我们好好想一想，这25年来，在我们中国，从我们每一个人身边流过去的机会有多少，国库券、贩货、开店、股市、楼市、网络、文化产业……这些机会，你只要勇敢地去抓住一次，你的命运就已改变，但为什么我们中的多数人没抓到？

同学会

十三

人突然被告知即将面对过去的人事，就像即将面对一面镜子，刹那忐忑，是自然的，也是彼此相似的。

演讲会结束，听众像潮水一样向讲台涌去，宋扬也拼命挤过去，他大声叫：毛俊，毛俊。

　　他的呼喊被淹没在喧腾的人声中。他看见许多个脑袋把讲台团团围住。

　　宋扬用力挤进去。他快挤到毛泽西的面前了，毛泽西看到他了，一把接过他手里舞着的那张入场券，低头快速在上面签了个名，然后塞还给宋扬，然后又拿过一本递到自己面前的本子，继续签名。显然，毛泽西没认出宋扬来，还以为他是索要签名的粉丝。

　　宋扬差点昏倒，同时他正在被其他人挤开去，他大喊，是我，我是宋扬。

　　但他还是被人一把推开了，推他的人，用了极大的力气，他差点摔倒在人堆里。

　　宋扬扭头，看见推人的是个胖子，保镖状，眉间有一颗大黑痣，宋扬觉得有些眼熟。哎哟，这不是"洋种马"吗，小学5班的体育委员，一个老爱欺负别班同学的傻大个，OMG，他如今成了毛泽西的保镖啦。

　　也就这么一会儿，毛泽西已被"洋种马"及几位助理护着，杀出重围，从讲台向侧门方向移去，并迅速离开了热气汹涌的报告厅。

宋扬冲着他们的背影喊：毛俊，毛泽西。

报告厅里人在散去。

宋扬看着手里的入场券，上面飞舞着三个字"毛泽西"。

有人轻拍了一下他的背。他回头，是个女的，正在对自己笑，脸上有着犹豫的表情。她问，是宋扬吗？

宋扬不认识她。这是位中年女士，短发，灰色羽绒衣，戴着眼镜，圆圆的眼睛里有一丝羞却、冒昧和期待。

宋扬点头说，是啊，我是宋扬，请问您是？

啊哟。她笑起来，一下子面颊绯红了。她兴奋地说，还真给我认出来了，我是李依依呀，小学同学，估计你忘记了。

李依依？宋扬回想着，哦，是有个李依依，好像坐在自己的后排，那时候个子比自己高好多，人蛮漂亮的。

宋扬笑了，也兴奋地叫起来，啊，记得记得，李依依，"洋娃娃"，同学叫你"洋娃娃"对不对？

李依依脸上更红了，她扭了一下腰肢，说，还洋娃娃呢，现在这么胖了。

宋扬虽然书生气，但这一点还是懂的，他赶紧说，不胖，一点也不胖，呵，洋娃娃。

小羊羊。李依依也叫了一声宋扬小时候的绰号，然后她笑着，在研究他的脸，说，你没变。

宋扬哈哈笑道，这怎么可能，那时我是小学生，怎么可能没变。

李依依也感觉自己说过了头，其实她不是这个意思，她的意思是你的样子我还认得出来。

当然，如果今天不是正好在小学同学毛泽西这个场子里，如果"小学同学"这概念这个上午不是正好浮在眼前，她肯定也是认不出来了，呵，哪会想到这中年男人居然是班长宋扬啊。

这就像刚才，宋扬认出了那保镖竟是5班的"洋种马"一样。

两个小学同学突然相逢相识，自然又惊又喜。李依依看见宋扬手里的入场券，笑道：他还给你签了个名。

宋扬脸上是幽默的表情，说，他没认出我来，我只得了个签名。

李依依捂嘴而笑，说，这够好了，还能得个签名，再过两年，咱们可能只能在电视上见他了。

多年不见，宋扬发现，这女生与印象中的"洋娃娃"李依依大相径庭，不仅胖了，甚至说话表情像极了说相声的贾玲，是的，挺像，挺喜感的。

她说，嗨，想不到撞上了你，我原本来这儿是想见识一下小学同学大牛人的风采，结果连一句话都没搭上，倒是遇到了你，也是小学同学，今天咋就这么巧呢。

宋扬笑道，我也是因为他是小学同学才来的。

哦，都冲着"创富英雄"毛泽西是小学同学而来，但毛泽西本人却一骑绝尘，他一定想不到在自己走后，两个早已被忘到天边去的老同学，此刻正因为他而突然相认，并且正在HIGH着哪。

宋扬摇摇手里的入场券，说，我还买了黄牛票，花了250哪。

她笑得腰都弯了，她的话都快到嘴边了，"人的差距咋就这么大呢"，但她没说。她瞅着宋扬问，你还好吗？

宋扬说，还行，做出版社编辑。

她笑道，哟，这么说，咱俩差不多，我在报社。

她递上了一张名片。

其实他俩可没差不多，李依依如今是报社的副总编，管政治思想工作。

宋扬心想她混得不错哟。印象中，以前听人说起"洋娃娃"读的是财务中专，怎么成报社的头儿了？

他就夸了她几句，真行啊，媒体领导啊。

李依依皱眉笑着摇头，说，太累，如今做媒体真的太累，我哪，又是管员工思想工作这块，杂七杂八，太累太烦，还是你们出版社节奏慢一点。

李依依说的也是真话。她今天来这儿，除了想一睹小学同学毛俊的风采之外，原本还想邀请这励志高手到报社给年轻采编人员作一次关于团队建设的演讲。这是最近令她心烦的命题，单位里"60后""70后""80后""90后"混杂，什么人什么想法都有，她感觉做思想工作真累，不做又不行，什么事都出来了。

宋扬发现，多年不见，以前细声细气的小女生，如今好像有些急性子，并且很直接。

李依依在对宋扬频频摇头，说，原以为老同学请他毛俊很容易，哪想到他已身不由己啦。

宋扬突然想起今天来这儿的目的。嘿，李依依在面前，这不是一样吗？而且她还是报社的领导，她掌握的老同学信息应该比较多吧。

于是宋扬对李依依讲了卓老师，讲了卓老师如今一个人待在家里，想见见四班同学的愿望，以及自己在寻找同学方面的一无进展。

他笑道，我今天来，原本是想让毛俊帮我去找。

啊，卓老师。李依依笑起来，卓老师，是好多年没见了，是应该去看看她，她看到我们一定认不得了吧。

李依依转了一下腰肢，眉眼突然有些皱起来，说，可是我这么胖。她脸上有痛感。她说，有时候想到以前的老师，我真的不好意思去见，我又不是毛俊毛泽西，又没什么成绩。

宋扬说，哗，你这么好，还没成绩？！

她摇头说，真的，是没什么成绩呢，整天乱哄哄的。

她脸上一闪而过的茫然和别扭，让宋扬以为她不愿意，女人家的心思总是多一些，谁知道她是不是怕烦呢，也可能是太忙了。

其实，这种惶惑，作为李依依最初的刹那感觉，这很正常。宋扬自己忘了，他最初接到李越明的电话时，不也是如此吗？人突然被告知即将面对过去的人事，就像即将面对一面镜子，刹那忐忑，是自然的，也是彼此相似的。保不准李依依走进卓老师家一趟出来，可能会比宋扬更热心地去张罗同学会呢。

宋扬瞥见了报社领导李依依的惶惑，他想，她多半是怕麻烦，难道她也怕去交成绩单吗？

宋扬说，老师想见我们哪，她都快80岁了。

宋扬的软语气，让李依依反应过来。她毕竟当着领导，气派大方，她赶紧露出笑容，说，虽然这些年我跟小学同学也没联系，但去找找看吧，没事，咱们一起去找找看。

然后，她掏出手机，对昔日的小帅哥班长宋扬说，加微信，加微信，互通消息。

同学会

十四

他摇头，自语，这一辈子很多事，脑子是跟不上的，以前教的事，后来又都说不是这么一回事，所以这一辈子像做梦。

孟梅在上海培训的日子里，宋扬下班后有时会去爸妈家吃饭，然后再回自己家。

　　有天傍晚，宋扬推开爸妈家门，见家里来了客人，一个胖胖的老人正站在客厅里对着爸爸说话，可能是有些耳背了，他的声音好大。而爸爸坐在沙发上低头看报，任那声音轰响着：去吧，老宋，就算给我一个面子，去吧，去吧。

　　老爸似无动于衷，而那老人听见有人进门来，回头，对着宋扬唤了一声：是宋扬吧？

　　宋扬见他白发苍苍，一袭黑色短大衣，里面白衬衣，系着暗红色领带，衣冠楚楚的样子，定睛一看，居然是毛泽西老爸毛东月。他怎么来了？

　　宋扬说，是毛老师啊，难得。

　　毛东月呵呵地笑着，眼角、额头皱纹深重。宋扬注意到了他脸上有一丝焦恼，心想他找老爸干吗。就瞟了一眼老爸，老爸还是坐着在看报纸。

　　毛东月伸手过来，跟宋扬握手，寒暄道：宋扬跟我们家的毛俊还同过学呢，宋扬最近忙吗，听说是大编辑了……

宋扬嘟哝"还行还行",刚想打探毛泽西的联系方式,突然瞥见老爸宋之江从报纸上抬起头向自己使了个眼色,努努嘴,又埋头看报。

宋扬感觉到了空气里的局促,其实刚才推门进来,这两老人的身影就隐约有着别扭的感觉。

反正他俩是冤家,这很正常。

只是不知道从不登门的单位前领导毛东月今天来干吗。

宋扬赶紧说,你们谈你们谈,自己进了厨房,妈妈正在洗菜。

妈妈见宋扬进来了,就悄声说,他都在这儿待了一个下午了,想叫你爸去参加他们大学的同学会,你爸不去。

为什么不去?

反正你爸不肯去。

宋扬就竖耳听外面的声音。那声音好似在往无措、失望、懊恼、哀求方向走。毛东月说,毕业55周年同学会,活着的,能来的都表示要来,就你不去,你不去,我心里难过,同学会由我组织,就你偏偏不去,老同学们会怎么想我?我面子也没了……

宋之江说,我不是说过了吗,我哪有脸见他们哪,是我没面子哪,怎么可能是你没面子。

毛东月说,你给我一个面子,去吧去吧。

宋之江说,你说反了,是我求你给我一个面子好不好,我害怕丢脸,这几十年丢尽了脸。

毛东月有些急恼,说,宋之江你必须去。

宋之江说,你以前是我领导的时候,可以这样要求我,但现在退休了,注意,现在退休了,平等了,除了你看病可以住高干病房,我得去排队等号,你现在跟我没什么关系了,退休了呀。

毛东月嘟哝,你这样说让我很难过,心里很痛,真的。

宋之江的声音大起来,我最难过的时候,你知道我难过吗?我劳改的时候，我大儿子淹死的时候，你知不知道我的难过？

毛东月说，你永不原谅，我知道你不肯原谅，老同学们也知道这一点，你不去，他们知道为什么，你这让我还怎么办这个同学会？宋之江，我希望他们看到我们好起来。

宋之江说，好了好了好了，是在好起来了，不是比以前好了吗，你回去吧。

宋之江在打发他了，窗外天色也不早了。

毛东月还在说，一起去吧。

宋之江说，不去，不想去，真的，你让我忘掉过去的一些事好不好？原本也不想了，这几天你天天来，就让我想着它们了，心就烦了，老毛，你回去吧，不说这个事了，同学会你们去吧，高兴地去吧，就当没我这个同学。

在厨房里，宋扬妈妈告诉宋扬，这几天，这个毛东月天天来，有时是上午，有时是下午，他现在住得离我们蛮远的，这么一把年纪了，我也怕呢，一趟趟来，搞得他们两个人心里都不开心，再说，这一路上万一有个三长两短怎么办，要不，宋扬你跟他子女说一下，让他不要来了，你爸不想去这个同学会，换了我也不想去，请他不要再来叫了。

宋扬听见老爸好像站起来去开门了，像要送客了。老爸在说，好啦，好啦，老毛，让我躲在角落里，安安静静过过，同学会不去凑热闹了，不是每个人想着大学时心里都是轻松的，我就没脸回去了。

毛东月还不肯走，他说，你这样子，我也没脸回去了。

宋扬从厨房里看出去，他们站在大门边，毛东月伸手去抓老爸的手，嗓音呜咽，说，宋之江，都怪我，但这一次我真请求你去，你原谅好不好，好不好？

宋之江说，不说这个了，以前的事别老去说，我不想说了，说真的，老毛，你最近也别来了，反正你的意思我也知道了，而我的态度你也明白了。

毛东月终于被送出了门。他沮丧的背影消失在窗外。他的步履有些蹒跚。

三分钟后，宋扬借口去倒垃圾，出了门，快步往小区大门口走。他得追上毛东月，打听毛泽西的联系方式。

宋扬走到了小区门口，发现没老人的身影。他走得这么快？不会吧。

宋扬环顾四周，还真的没影了。

宋扬只好往自己家走，走过喷水池，突然看见毛东月坐在花坛边，在发愣。花坛里的茶花重重叠叠，红得像一团团火。老人的脸上一片茫然。宋扬走过去的时候，听到了他在叹气。嗨，毛老师。宋扬叫了一声。

老人看着他，点点头。宋扬一时不知该怎么说，还是老人先开腔了，他说，我心里痛，真的，人这一辈子很悲哀的。

宋扬赶紧说，你别在乎我爸说什么。

他摇头，自语，这一辈子很多事，脑子是跟不上的，以前教的事，后来又都说不是这么一回事，所以这一辈子像做梦，宋扬，我们这一辈子下来，都不太好，好的不多。

宋扬说，我爸不想去同学会，你就算了，别叫他了。

老人脸上有别扭的表情，他说，你爸放不下，我想着，也就不安心了，你爸肯定不相信。

宋扬赶紧转移话题，毛老师，你有毛俊的电话吗？我最近找他，我们小学老师也找他。

说到毛俊，毛东月的脸上突然有了笑容，他说，他啊，这两年太忙，家里都不太回来，回来也待不了十分钟，他的号码我没带着，平时打给他也是忙音，要不，下次他回来的时候，我让他跟你联系。

宋扬说，好好。就从口袋里掏了一张名片给老人。

关于儿子的话题，让毛东月脸上有了几缕得意的神情，他看着宋扬说，宋扬，说真的，有时我可不敢相信这小子居然是我儿子，哪天让他好好请你们同学吃个饭。

宋扬把毛东月送到大门口，帮他拦了辆出租车，让司机把他送回家。

宋扬回到家，悄声对妈说，我可联系不上他家子女，以后还是你们自己做好他思想工作，让他别一个人来了。

老爸感觉母子俩在议论什么，就大声说，我是不会去那个同学会的，如果非要去，那我还不如自己办一个，邀请他们来。

宋扬心里笑道：除了毛东月。

宋扬告诉老爸，那个毛俊，现在可是创业榜样了，做得蛮大的。

宋之江脸上掠过讥讽，说，呵，他爸这么会钻的人，他儿子当然脑瓜子活络喽。

同学会

十五

宋扬心里有暖暖的气流在滚动，他瞅着这个正在长大的儿子，觉得自己正在尽力，遗憾的是只能尽这样的力，并且已经吃力了。

前妻孙丽娜发了条短信过来：钱已到，已汇校方。

宋扬就知道了自己上午打过去的10万块钱已到孙丽娜账户，她合并了她这一方该出的20万块，一同打给了外国语学校。

宋扬回：啥时转学？

她回：下月报到。

他回：这个星期天，我想跟他聊聊。

她回：可以，但你别去说他哦，别给他压力。

他没回。

她又发过来：也就10万块钱，别给他你的压力。

她就是说话这么直接的人，她的意思是，你别把你的财务压力倒给他，他还是小孩，你也就出了10万块。

宋扬当然不舒服。但，她这提醒其实也没错，宋可逸毕竟还是小孩，转个学，别让他背负太多家里的压力，新学校本来就高手云集，学业上的压力也已够大的了。

星期天中午，宋扬跟儿子宋可逸坐在窗明几净的必胜客里。

他们面前摆着芝心披萨，一碟蔬菜沙拉，一杯果汁。

宋扬看着儿子吃。儿子脸上的表情介乎机警与没睡醒之间。这男孩具兼了父母容貌中的所有优点，小脸，大眼睛，带着他这个年纪的萌，一冲眼，很明亮，在宋扬眼里，比时下大火的鹿晗也差不到哪里去，除了内向、腼腆一些。而这跟自己小时候是一样的。

宋扬问儿子，还要不要鸡翅？儿子乖巧地说，够了。而以前，他还要土豆泥、烤蜗牛。

宋扬又叫了一份小食拼盘。他怜爱地看着儿子，待会儿吃完饭从这个门出去，儿子将搭孙丽娜现任老公何家宝的车，去远郊的住宿高中，所以趁现在这点时间，得与他聊聊，要去新学校了，稍稍作点提醒。

宋扬说，下个月要转学了？

儿子点头，说，嗯。

宋扬说，转学要花一些钱。

儿子说，知道。

宋扬说，爸爸给你出了10万块钱。

儿子点头，说，嗯，其实不转也可以，妈妈觉得转好。

宋扬说，还是转吧，都说那里比较好，教育方式与外国接轨。

儿子说，嗯。

宋扬想了想，说，只是去了那里，周围同学的条件可能都比较好。

儿子支棱着小鹿一样的眼睛在听着。在四周那些乐呵呵进餐的面容中间，这神情让宋扬突然感觉有些可怜。一个小朋友小心翼翼地端着一只碟子从桌边走过去。宋扬继续说，那里老板的小孩比较多，所以，有些该比，有些不该跟他们比。

儿子脸上有表示知道的表情，说，嗯，不比吃穿，比学习。

宋扬心里有暖暖的气流在滚动，他瞅着这个正在长大的儿子，觉得自己正在尽力，遗憾的是只能尽这样的力，并且已经吃力了。

宋扬伸手轻拍了拍儿子的脸颊，笑道，可逸，如果真的该花钱的地方，也要花点，别的同学请你吃个什么，你也要回请。

儿子说，知道。

好了，宋扬今天的主要议题结束了，接下来他跟儿子聊电影、足球、航母，每一次相聚，他享受这样的交流。

星期天的必胜客里坐得满满当当，许多人还在外面等座位。宋扬跟儿子边吃边聊了一个小时。走出店来，看见何家宝的车正在开过来。儿子背着沉甸甸的双肩书包走过去。宋扬看着儿子细瘦的背影穿过人流，看着他转过脸来向自己招招手，小小的脸上有些茫然。宋扬在心里对他说，爸爸会给你去多赚点钱回来的。

同学会

十六

宋扬看着这成了老奶奶的卓老师，心想，她快80了吧，趁她还记得清大家的名字，聚会的事得抓紧了。

孟梅在上海的英语培训不是太顺利，她在电话里对宋扬说，太难了，班上大多是"80后""90后"，他们英语奇好，我跟他们差距太大了，我都没信心了，估计我考不过关的。

她还说班上也有几个像她这样的"60后""70后"，老姐们只能自己扎堆了，灰不溜秋，信心不足。

宋扬说，没事，这种培训哪有不过关的，否则人家这班怎么办下去？

她说，上一期培训班就有人没过。

他安慰她，过不了也没事，早点回来呗，不出国也行啊。

她嘟哝，系里出了一万多块钱的学费呢。

宋扬笑道，咱赔系里就得了。

她也笑了，赔也不会要我们赔的，就是挺丢脸的，怎么可以就这样逃回来呢。

于是，他就给她鼓劲：我们打赌好不好，你一定过得了，别吓自己。

她问他这几天还好吗，哦，那个毛泽西见到了吗？

宋扬说，见是见到了，但没搭上话，他只给了我一个签名。

宋扬也不知道她听不听得明白，接着说，现在要逮着他，可没那么容易了。

她劝他别急，人家红嘛，慢慢来。

她这么一说，他倒显出了急。他告诉她，自己昨天在华亭新村门口碰到卓立老师了，卓老师这心愿还真得帮她办。

是的，昨天宋扬上班路上遇到了刚从菜场回来的卓老师。她看见宋扬笑弯了眉眼，嘿，宋扬，咱还真碰上了。宋扬告诉她，自己已在找老同学了，找到了一个李依依。卓老师说，好啊，但也别太当作事，你们平时事儿多，慢慢联系这些同学也行。卓老师拎着几棵青菜和一条鱼，沿着路边慢慢地往小区大门口走。在光线明亮的室外，卓老师看上去比上次在家中显得更老一些，背有些驼，步履有些蹒跚，她老是用手去揉眼睛，说这阵子见风就出眼泪。宋扬看着这成了老奶奶的卓老师，心想，她快80了吧，趁她还记得清大家的名字，聚会的事得抓紧了。

宋扬告诉电话那头的孟梅，虽然没逮上毛泽西，但好歹遇上了个老同学，人家现在是报社的领导了。

孟梅说，好啊，报社领导人脉多，搞得定这事。

同学会

十七

她抹着流泪的眼睛。也可能她真的像她自己半小时前说的那样，今天需要哭一场；当然，也可能今天老同学偶尔光临，就让他看见了自己的不堪，这让她委屈。

有天上午，宋扬骑车经过新闻大厦时，想到了李依依，这么些年她一个学财务的中专女生，奋斗成了报社的头儿，真的了不起。

　　宋扬突然决定去看看她，顺便打听一下她找到哪几位老同学了。

　　宋扬在报社楼下给李依依打电话，她正好在办公室里。她说，我在我在，你上来吧。

　　宋扬坐电梯上楼。李依依在19层。宋扬走到她的办公室门口，差点撞上了一个正从里面出来的女孩，这女孩妆容凌乱，泪水纵横，吓了宋扬一跳。

　　宋扬走进办公室，看见李依依面容也有些不忿，隐约的火气仿佛正从她头发里往上升腾着。宋扬就知道了这当领导的刚才是在批评员工哪。

　　李依依看见宋扬，笑了笑，迎过来，说，嘿，宋扬，坐，坐。

　　她一边给宋扬泡茶，一边飞快地收拾情绪，眨眼间就恢复了热闹的"贾玲"状。她说，今天怎么有空来？

　　宋扬看她这样子，心里就有些不好意思，人家没准正烦着工作上的事呢。宋扬说，别泡茶，别泡茶，我马上走的，我刚好路过这儿。

李依依好像知道他在想啥，她说，唉，每天这些小鬼头来给我闹腾一下，人都要疯了。她指了指她办公桌上堆积如山的报纸、书刊，嘟哝道：这活越干越累心了。

宋扬环顾这单人办公室，虽有些乱，但宽敞、明亮，绿色植物茂盛，墙角还插了一面国旗。宋扬说，你不错，担任这么大一家单位的领导呢。

咦，李依依笑道，还不是干杂务的，真的是烦都烦死了，再说报纸也快没人看了，哎，宋扬，你有没有觉得咱做传统媒体的，报纸图书什么的，都快到头了？

两位老同学找到了共同的话题，一起感叹怎么就这么一眨眼间互联网冲击就到眼前了。在他们聊天过程中，不时有员工进来，拿张表格让她签字，拿份文件让她审阅，或告诉她社长交代晚上开会。有一个女生在门口探头探脑了好一会儿，看样子等不及了，终于进来说，不好意思，打扰一下，李总，我想说明一下，我真的很冤，我没把独家新闻透露给别的媒体。这女记者沮丧着脸，眼泪似在眼眶里打转。宋扬想万一她真哭出来了，自己坐在一旁怎么办。在老同学李依依严肃着表情听她讲述委屈时，宋扬感觉这小学同学从"贾玲"变成了女强人。是的，是女强人，眼睛里含着威风、讥讽和犀利。沮丧女生走出去后，李依依说，哼，什么冤啊，整个部门策划、挖掘的独家素材还没来得及见报，她个人就把它卖给了网络公司，部主任把问题反映到了我这边。

两个老同学的谈话在断断续续地进行着，期间又进来了一个瘦男生，他是来交检讨书的，他嘟哝，我是抄了别人文章的段落没给他署名，但网上人家抄我们的也没给我们署名。他刚走，又来了个高个女生，感觉她胆子挺小，但心里憋着的这委屈实在太强烈，所以鼓足勇气来哭诉：李总，他们两个在谈恋爱，我实在受不了了，他什么活都派给了她，这是夫妻店呢，还是公家单位呢？她的眼泪啪嗒啪嗒往下淌。宋扬想，终于有人哭了。而这会儿女强人同学变成了哄孩子的保姆，她说，我会提醒的，小倩，你也别太多心。李依依从桌上别人结婚送的喜糖盒里挑了一支棒棒糖，递给女生，说，你是个认真努力的女生，这我们知道的……

高个子女生拿着这支棒棒糖走出了门。李依依叹了口气，与宋扬相视而笑，说，唉，看见了吧，"80后""90后"都登场了，一代代价值观差异大着呢，什么样的想法、什么样的家境和阶层都混于一室，单位在管理上压根儿没做好准备，你说，我这思想工作怎么做呢，我招架都来不及，那些"80后""90后"可直接、可生猛了。

他突然想起来，前两天老婆孟梅不也在电话里说"80后""90后"如何如何，可见女人对"代"都挺敏感的。

而李依依见宋扬局促的样子，赶紧说，当然，我也知道，他们有些人来我这儿只是为了哭一场，在这楼里，高强度、脑子凌乱地忙一天下来，有些人是需要哭一场的，说不定谁都需要哭一场，哭过以后也就好了，所以我也不会太当回事，否则这日子怎么过呀。呵，真的，有时候我感觉自己也需要哭一场。

宋扬笑。他刚想说，小时候可看不出来你还能做这个思想工作（小时候这"洋娃娃"老爱哭，还爱打"小报告"，所以她还有一个绰号叫"哭死猫"）。他还来不及说，李依依桌上的电话铃响了。

李依依接听。嗯，她说，我过来。她放下电话，对宋扬说，我上楼去社长那儿一下，马上下来，你在这儿等一会，待会儿中午在我们这儿食堂吃饭。

宋扬说，算啦算啦，下次再来。

李依依坚持，你别走，难得来，我马上下来。

李依依上楼去了。谁想到，这么一去，居然有半个多钟头。宋扬想，要不给她发条短信，说自己先走了。

宋扬刚拿出手机，李依依就回来了。她疾步走进来，灰暗的脸上带着懊恼和委屈。这情绪太显眼了，以致宋扬忍不住脱口而出：怎么了，李依依？

她摇了摇头，感觉泪水在眼眶里打转。她在自语：昏倒，真的昏倒了，我有什么办法，我已经尽力了，要做工作你人力资源部去做呀，干吗什么事都推到我这儿来，如果思想问题做做工作能解决，那还要制度设计干什么？！

宋扬估计刚才社长批评她了，虽然他不明就里，但感觉她这话说得挺正确的。他同情地看着这小学同学正在趋向扭曲的脸，他说，对对对。

你看，连这多年没来往的小学同学都明白这个事理。李依依感觉自己的委屈像山洪一样涌来，泪水夺眶而出。她说，新媒体部的员工一天24小时在线状态，工作强度大，报社给他们拨的奖金额度比一般部门多，这样别的部门就有意见了，他们说"谁不辛苦啊，我们在外面跑死跑活的"，他们也要求增加奖金额度。于是头儿就和稀泥，平群怨，就减新媒体部的，新媒体部就有情绪了，社长要我去做思想工作，还怪我平时在员工奉献精神教育方面放松了……

她抹着流泪的眼睛。也可能她真的像她自己半小时前说的那样，今天需要哭一场；当然，也可能今天老同学偶尔光临，就让他看见了自己的不堪，这让她委屈。

反正她现在从女强人变成了小女孩，在流泪了。

老同学宋扬手足无措。而这会儿，还有一个头发老长的小伙子走进门来，甚至没注意到她哭泣的脸，很冲地问：李总，为什么富宝来公司不可以曝光，为这个稿子我们卧底了一个月，难道他们投给我们几个广告，就把媒体公信力给卖了？我想不通。

　　你想不通我也想不通。李依依没好气地说。小伙子这才发现头儿今天状态不对，赶紧溜人。而这边宋扬开始手忙脚乱地给她递纸巾、倒开水，并且留意那扇随时有人进来汇报烦心事儿的门。得让她暂时离开这儿，让心散一下，静一下。于是他劝她，要不我陪你去楼下，走一走吧。

同学会

十八

人怎么会长大的？回过头去，真的好像只有一瞬间。
少年宫广场上最主要的大型游乐机好像还是那几样，
当然这些年也增加了一些新品种，但布局还是老
样子。

两个老同学在楼下走，她哭泣过的眼睛让她想避着同事，所以飞快地走出了单位的大门。他们沿着路边走，她一边走一边叹气。他可没劝她想开点，因为她是做思想工作的，干这活是她专业，所以他劝也是白劝，所以，就听着吧。

　　她在说，你知道我多没劲吗，做人思想工作，这年头这是个什么活儿呀，我也想做点专业工作，只要人在一家单位，谁都想做该单位的主流工作，报社的主流是搞新闻，而我在做什么呀？我就知道他们看不上我，我就知道他们怎么想我的，我承认我原先不是学这个的，我承认我最初的学历低了点，但既然把我搁在这位子上，那么多少也该让我分管点主业啊，否则，我不就一政工干部吗，否则，不就是摆在桌面上的不屑吗？再说，我都没做过主业，那我怎么做人家思想工作啊，人家服不服啊？

　　今天李依依有些心烦，再说，今天她又遇到了自己的小学同学，而同学嘛，有那种又近又远的感觉，所以她也不顾忌了，她说着单位的事和她自己的心结，反正他又不会给她传出去。她说着说着，宛若倾倒心理垃圾，宋扬有些听明白了——

　　从中专毕业后，李依依被分配到了一家杂志社做财务，她与省政府综合处的阿土结了婚。后来的这些年，老公阿土随着他跟的领导一路升迁，那位领导最后做到了省长，而阿土也被下派地市，从副市长、市长一路做起……在阿土成为某市书记的一个月后，李依依也被自己所在单位提拔进入领导班子。再然后，杂志社被报社收购，而这时老公阿土已是副省级领导了，而她也转型成报社领导，虽然专业技能不对口，但好歹能让她管管员工思想工作。她本可以无所谓，但她是一个好强的人，也是一个用功的人，她敏感于周围一张张笑脸背后的轻视，那轻视是：她整个文不对题。李依依敏感于此，并因此对自己所做的工作类型也日益敏感起来，尤其在这样一个知识分子扎堆的地方。她想，既然把我摆在这个位子上，那总得让我也与单位主业有关吧，否则这是什么意思啊？这不也太明显了嘛。再说，我也是努力的。再说，这让我怎么做员工的思想工作啊，别人会不服气，他们会想，你又不是干这个的！

李依依说的这些，宋扬都懂了。但他想，你不是已经挺好了嘛，干吗还要想得这么多？比起我来，不知好多少啊。

他们走了好远，走过了步行街，走到了城河畔，甚至马上要到少年宫了。李依依这才想起来还没吃饭呢。而原本该是她请宋扬在自己单位吃午饭的。李依依有些难为情地看着老同学，说，不好意思，没头没脑让你也费了神，不好意思，不好意思。

李依依指着少年宫广场前的"雅香"茶餐厅，说，我请你在那儿吃饭吧。

他们走进茶餐厅，她突然想起自己这么匆匆忙忙出来，忘记带钱包了。她叫起来，哎哟，我钱包都没拿过来，今天是昏头了。

他笑道，我请你也一样的。

他们叫了云吞面、凤爪、蒸排骨和虾饺。在等菜上桌的这一会儿，她又说了一会儿自己的郁闷。她说，也就是看到你这个小学同学，我今天说了这么多话，说真的，你说我这样子怎么去见那些老同学。你说你前些天见到卓立老师了，我也未必不想见她，但你说我怎么跟她讲？她肯定会说你怎么做报社领导了，你原来不是学财务的吗？而我说那是我嫁得好，这样说吗？要不，别人也没见我在媒体做了点啥啊。这些年我确实也没做成什么，真的，在别人眼里，我做的事好像只有一桩：嫁给了一只潜力股。

宋扬忍不住打断她的话，他说，嫁得好，也是好的。他心想，这也太难缠了，如果事儿就是这样，那还要怎样？

李依依一定是受够了别人如此的暗示，她的好强变得有些偏。她对宋扬说，但我受不了，要不我怎么整天心里灰蒙蒙的？

宋扬终于说出来了，好了，李依依，想开点，想这些一点意义也没有，再说你比我好多了。

他这么说，她突然就停住了嘴。作为女人，她理所当然比较敏感，对啊，一个上午都在说她自己的事，好歹也得表达一下对老同学的关心呀。

李依依看着宋扬的眼神，就有些变化，眼睛里是冲着他而起的忧愁和温柔。她的话语方向也开始向外转。她向他点着头，说，是的，你也该好一点，宋扬，你也该混得好一点。

因为她对自己的状况刚流过了一场泪，所以现在她说话有点直。她说，我认识你们出版社的李美平，前几天在外面开会，刚好碰到她。

她说的这人正好是宋扬的头儿。所以，宋扬就知道她已经打探过自己的情况了。他就有些局促。

她重复道，你该混得好一点。

宋扬的眼睛有些避闪，他点头。尽在不言中。

她说，至少你该把职称拿下来，宋扬，这蛮要紧的，无论转岗、定级，还是以后退休，这个都蛮有用的。

宋扬点头又摇头，嘟哝，还要写论文，还要有作品获奖。

她说，那就得有个计划，比如，今年先攻下一篇论文，明年再写一个专业作品，冲着获奖去写，虽然你们出版与我们新闻的评定标准不一样，但我们属于一个职称系统。

他点头。

她说，我见过有人对官位、钱财淡漠的，但我还没见过一个人对职称不在意的。

他觉得她盯着自己的视线挺沉重，他想岔开话，就笑道，你不是蛮会做思想工作的嘛。

她笑着，用手指点了点他，说，喂，宋扬，我会帮着你一点的，谁让你是我的小学同学。

今天一个上午都在说话。对内向的宋扬来说，至此已基本话尽，一个人肚子里哪有这么多话可说，再说，这么多年没见了，彼此多少还有些生疏，对于哪些该说哪些不该说，总有些拘谨。

于是有那么一会儿，宋扬就不知该扯什么了，埋头吃饭。而她作为女人，思维的跳跃性极大。她现在指着窗外少年宫广场上的摩天轮、过山车、旋转飞机，在感叹时间过得真快啊，哎，宋扬，你还记得不记得，那时候春游，每年都来少年宫。

宋扬笑道，每到春游，我好像总是生病，老是不能参加。

她猛点头，说，是啊，我记得我记得，因为我总是对你这个班长没来春游好遗憾，因为我挺想跟你坐一架飞机"呜"地飞到上面又飞到下面，那时候班上有同学八卦我俩最要好，嘿，那时候小孩子也挺八卦了。

真的吗？宋扬笑起来。他可不记得了。

这时候的李依依又变成了"贾玲"，她肯定自己的记忆没错，绝对。她说，真的，也可能有点暗恋，哈哈哈。

哪会啊。宋扬说，你那时候比我高好多。

小孩子才不管高不高的，小孩子在乎的是老师喜欢谁，老师喜欢的，自己也想跟他好，因为这代表他最俏。李依依扬眉说。

这好像有点道理。

人怎么会长大的？回过头去，真的好像只有一瞬间。少年宫广场上最主要的大型游乐机好像还是那几样，当然这些年也增加了一些新品种，但布局还是老样子。现在不光是宋扬李依依他们来过了，连他们的子女都来过了，接下来，在不远的将来，孙儿辈也会来这儿。

他们在感叹。

当然，此刻他们的心情是轻松的，至少比先前扯单位的事要轻松、有趣。

这年头，人在说小时候的事情时还是开心的。

他们就是带着这样的心情从茶餐厅里出来，然后走到了近在眼前的少年宫广场上。

这不是双休日，广场上人影稀疏，游乐机前除了他俩没有别人。他们看着空空落落的旋转飞机寂寞地停在那儿，他们在微笑，想着读小学时同学们来过。李依依指着飞机，说，我刚才说的就是这个。

一个游乐场管理员从小木屋里探出头来，带着中午布满睡意的眼神，对他们说，要不要坐？

呵呵。宋扬以为他在调侃自己跟李依依冲着它发愣，就说，坐？我们？我们是大人，大人也能坐？

管理员表情平淡，好似见多不怪，他说，大人可以坐啊，只要你们想坐。

他确实以为他们想坐，他想，你们要坐的话，赶紧坐，坐好走人，我也可以眯一会儿，好困啊。

宋扬可不明他这话的底细，他瞅了一眼李依依，以开玩笑的语气说，哈，坐不坐？

哪想到李依依还真的一挥手，说，坐。

她真走进了场地，往一架飞机上爬。她坐在里面了。她在向宋扬招手，喂，宋扬，上来呀。

宋扬就往场地里走，心想，嘿，就让她乐一下吧，让她散散刚才的不开心，人来疯一下吧。

李依依嘴里在说的可不是这个意思，她像贾玲一样在嚷：小学同学，咱回童年啦。

飞机开起来了，飞快地旋转着，一会儿高，一会儿低，宋扬感觉好逗，在这么一个中午，身边的小学女同学在大叫，这有点意思，有点人来疯，但想着也有点刻意，跟小学同学模拟回童年的感觉了，哦，管他的，这一会儿自己与她至少开心着，尤其是经过了这么一个手足无措的上午。

同学会

十九

好在宋扬总体上是淡然的人，也是被动型的人，他很快就适应了彼此潜在的视点落差。人嘛，本来就是不一样的人，如果自己不来这儿，也未必没有被比较的感觉，而出了这个门，也未必相关。

宋扬在办公室里编稿子，手机响了，接听，是一个男人的声音，他问：喂，宋扬吗？

　　是啊。

　　你猜猜我是谁？

　　宋扬一下子就笑了，说，还有谁，不就是你嘛，毛毛虫。

　　那头笑了一声，说，没错，是我。

　　是毛俊，毛泽西。

　　这个电话宋扬已等了好些天了。平时除了同事、家人以及几个作者给宋扬打打电话外，一天下来他也接不了几个电话。现在宋扬认出这声音是毛泽西，这是因为他惦记着这事，并且上周刚刚听过毛同学的演讲。如今毛泽西说话的语速可比以前慢了许多，并且在老同学宋扬听来，这声音仿佛被有意压着，以提防其天生易兴奋的清脆高音、毛头小伙腔调溜出来，所以必须压住，端着，以适配他现今的定位。而这让宋扬有小大人的幻觉，好像那份深沉后面藏着一个小顽童。

　　那天在省图书馆的时候，宋扬就注意到了毛同学发音方式的改变。

毛泽西说，宋扬，好多年不见，你找我？

宋扬说，什么好多年不见，我上周还刚刚见着你，在图书馆，花了250块钱，听你的励志演讲，你还给了我一个签名。

毛泽西笑骂了一声，小鬼头。然后他又说，哎，今天我刚好在，刚好还有点时间，要不你过来，我们见见。

宋扬说，好，你公司在哪儿？我等会儿就过来。

公司在哪，你不知道？毛泽西说，如果你打车，告诉司机，他们都知道，好吧，我让人把地址发你手机，你过来。

30分钟后，宋扬来到了毛泽西公司，在城北高新园区。

宋扬走进环状大门，穿过红白黑三色作为主调的大厅，走过巨型墙体LED，闻到了咖啡的气息，看到了擦肩而过的员工的年轻脸庞……于是他感觉到了新锐网络公司眩目、青春的气息。从场景看，公司规模不小，很个性化。宋扬想，这小子，真行，难怪人称"小马云"。

有一个前台女孩在向他点头，问：请问您找哪一位？

他说，毛总。

前台女孩温文而职业化地微笑着，问：请问您跟他联系过吗？

他说，联系过，我是他同学。

哦，那您等等。女孩打电话。她"嗯嗯"地应着。当她放下电话，她笑吟吟地对宋扬说，哦，是宋先生，来，我们先去贵宾室。

她带着他坐电梯去8楼。她穿着藏青色职业套装，修长、袅娜。他心想，这年头能吸引到美女的公司，是有实力的。

他对女孩说，这里的办公环境挺时尚的。

她笑笑，说，是啊，网络工作压力比较大，所以想营造一种轻松氛围，这里的小伙伴都是蛮拼的。

她把宋扬带进了贵宾室。这里的装饰风格也同样年轻化，原木桌椅，布艺沙发，咖啡机，如果没有那块作为互联网公司标配的白板，乍一眼看去，还以为是咖啡馆。

女孩说，毛总让您等等，他那边突然来了客人在谈项目，您等等吧，您要咖啡还是茶？

宋扬等着。等了好久。他就想起了那天上午在报社等李依依时，也是这么坐着。混得好的人，都是忙人。

在静静的贵宾室，宋扬觉得有些无聊，他看了一会儿手机，然后站起来在屋子里踱步。他瞥见西窗边一张矮几上摆了一个围棋盘，上面放着一些子，好像下了一半。

宋扬在棋盘前坐下来，研究起来，呵，这盘棋下到这份上，黑子要输了。

他拿起一粒黑子，琢磨起来。

贵宾室的门突然被推开了，一个戴着棒球帽的人进来了，他举着一只手，做着手枪瞄射的姿势，对着宋扬说，啪啪。

嘿，毛俊。宋扬站起来，对他叫了一声。

就这么一眼瞥过去，宋扬发现，这毛俊毛泽西跟那天在讲台上的他、跟刚才电话里的他又不一样了。如今近在眼前的这个，活蹦乱跳的，又像个小孩了，那份眼熟，令宋扬感觉隔了这没交往的十多年，当他站到跟前，又是同一街区的那个小孩了，只是失散了一会儿，或者说独自出去玩了一会儿，现在回来了，正满脸机灵地看着自己，装作皱眉头的样子，那意思是说，哟，不就是你吗，小羊羊，宋扬。

这是刹那感觉。接下来，他们坐下来聊天的时候，毛泽西一点点又回到了那天演讲、刚才电话里的那个他了。

是啊，毕竟跟以前不一样了，毕竟已是历经千山万水的人了，尤其坐在这样一个公司里，每一个角落好像都在萌芽，你甚至听得见"嗞嗞"向上生长的声音，他理所当然是有优越感的，你理所当然是会被比较、被暗示的。

好在宋扬总体上是淡然的人，也是被动型的人，他很快就适应了彼此潜在的视点落差。人嘛，本来就是不一样的人，如果自己不来这儿，也未必没有被比较的感觉，而出了这个门，也未必相关。

宋扬静静地听毛泽西讲他的公司，讲他这些年在做什么，现在毛泽西说着"我有这个机会那个机会"时，语气里已没有了十多年前的一惊一乍了，想来是自信听者都信服于他，所以是不容置疑的从容。

坐在这里，多数时间宋扬都在听毛泽西的人生和他的路，只是当毛泽西问宋扬"你这些年怎么样"时，宋扬说"还行还行"。

他们才聊了一小会儿，助理就探头进来，请示毛总：畅景科技公司的人来了，让他们等吗？

毛泽西挥了挥手，说，让他们到这边来，我抓紧跟他们聊一下。

于是几分钟后，助理带着几位西装男士进来，毛泽西对宋扬说，我先跟他们聊一个收购事项，你先坐一下。

毛泽西跟来客们就走到了那块白板下，那里有一张环形沙发。他们在那边交流。宋扬听得见他们的声音，但听不太懂他们说的内容，感觉来客希望自己公司被毛泽西收购，但价钱上有分歧。宋扬听见毛泽西尖锐地指出项目缺乏远景，虽然现有的平台有较高的人气。

反正听不懂，宋扬就转过脸来，他又看见了矮几上的那副棋。他站起来，坐到了棋盘旁，继续琢磨黑白子。

他不知道自己研究了有多久，好像时间很长。终于听见那边散场了，那几个来客走出了门。

现在毛泽西走向宋扬，见宋扬自己在跟自己下棋。

宋扬抬头说，你谈好了？谈成了吗？

毛泽西伸出一根手指，放在嘴边说，嘘，咱下棋。毛泽西脸上闪回了他小时候的机灵劲儿，他坐在宋扬的对面，说"下棋下棋"，并拎起白子，像飞机一样在棋盘上盘旋，然后落下。

宋扬笑笑，说，下。

两人静静地下棋。其实，一开始宋扬见毛泽西这神叨叨的突然起兴下棋模样，心里有些好笑，但后来他的注意力就进入了棋局。

他们下了一会儿，黑子好像在活过来。毛泽西抬起头瞅着宋扬，宋扬向他点头，宋扬发现他有好深的抬头纹，眼角处也有细细皱纹，而在他说话时因表情丰富，你不会注意到。

这会儿，助理又进来了，请示毛总：那家美国投资公司的人来了。

毛泽西从棋盘上抬起头，眼神有些茫然，他眨眨眼睛，对助理说，唉，好吧，你把他们叫进来，抓紧谈。然后他向宋扬摇了一下头，说，太忙。

于是两位老外和一位翻译进来了。毛泽西跟他们继续坐到了白板那边，毛泽西在白板上描画着，是一棵树，然后又长出了很多根须。像刚才那样，他们说的事，宋扬听不太明白，感觉是老外要投资。于是宋扬继续低头研究棋盘。

等他们终于谈好了，老外走了，毛泽西又过来了。他一屁股坐在宋扬对面的沙发上，让手脚无力地散落着，喘气，说，再下一会儿。

是的，这一会儿，他像个小孩一样，做了一阵功课，想玩一会儿了。

对于这盘棋，宋扬已经琢磨出了点名堂，所以他急等毛泽西落子。毛泽西对着棋盘摇头。他拿着白子，一边犹豫一边说，嘿，小羊羊，围棋我最初还是跟你学的。

宋扬记不得了，他说，是吗？

宋扬心里想，那时放学后自己不太跟毛泽西玩，因为老爸的关系。

毛泽西把白子落下，说，你忘记啦？课间休息你不是老摆棋吗，我就在旁边看，后来我学会了，你就下不过我了。

宋扬说，是吗？

毛泽西得意地说，真的。

你数学这么好，我当然下不过你了。

但是，你现在好像要下过我了。毛泽西抬起头，瞅着这小学同学。

宋扬笑道，那是因为你一轮轮地谈判，心里乱着呗，我这么没事坐在这里琢磨棋，所以我快要赢了。宋扬拿起一粒黑子，往棋盘上落下去。

这是致命的一击。

不。毛泽西伸手拉住宋扬的手，不让他落。毛泽西突然像小孩一样，任性地说，我下黑的，这棋我原本就是下黑的，我下黑的。

毛泽西拿过黑子，笑着。他自己也知道这一刻像小孩，谁让对面坐的是老同学，小时候课间休息也这样，耍点赖皮又怎么了，反正是宋扬。

宋扬脸上有一缕惊讶，笑道，好好好，换，我们换。

毛泽西就厚着脸皮，把一粒黑子放在棋盘上。

哎哟，乱放。宋扬说。

两个人正在笑，助理又探头进来请示。

像你所知道的那样，又有人要进来谈事了。宋扬想，谁让他是大忙人呢。

这回来的是区政府代表，他们来谈一片土地的开发，希望与毛泽西合作，建网络社交中心实体综合园区。这项目既让毛泽西渴望，又令他惶恐，渴望的是土地，惶恐的是公司这一两年发展太快，涉及领域有些杂，直觉上说，操作该项目有点力不从心，但机会失去的话也是可惜的。

像先前一样，毛泽西跟来客们坐在白板下的沙发上谈判。他面前的咖啡已续了好几次。他看了一眼那头沉静下棋的宋扬，心想，助理怎么不知道过来给他续茶水？

其实在这个下午的谈判中，他的视线时不时投向宋扬静静的侧影，那是自己的小学同学，他正在等自己谈话结束，他还是以前好脾气、好说话的样子。内向，安安静静。是的，好像有一团安静的气息绕在这么一个人周边，这么些年了，他这样子总也不会变。太阳都偏西了，阳光从西窗射进来，那气息在他周边是那么显眼。记得小时候每次考试，不知怎么回事，每逢宋扬坐在自己身边，自己就发挥出色，甚至出色到神了，以致后来中学时没跟宋扬同班，考试时自己会想，要是宋扬还坐在身边就好了。这是心理作用。有一次跟老爸说，老爸说，这是迷信。

毛泽西终于跟区政府代表谈完了。这一次当他走向棋盘和宋扬时，宋扬站起来了，说，我要走了，不早了，我跟我们头儿说的是出来组稿的。

毛泽西摇头，眼睛飞快地眨着，说，不好意思，真的不好意思，让你这么等，太不好意思了。

在宋扬的耳朵里，他的声音又变成小大人了。宋扬笑笑，摆手说，没事没事，我在这儿下了棋。

毛泽西说，可惜没下完。

宋扬说，以后再下。而心里想，要见你都这么难，还以后呢。

到这时宋扬才想起来，今天自己来这儿，最主要的事还没说呢。

刚好，毛泽西正眨着眼睛问他，今天我们光顾着谈判和下棋了，哎，宋扬，都忘了问了，你让我爸找我有什么事啊？

宋扬说，我们小学班主任卓立老师很想我们，让我搞个同学会，你跟老同学还有联系吗？

同学会

二十

宋扬说，也没聊什么，就下了一会儿棋，他现在有点像老大，而以前他可是小弟感觉。

宋扬打电话给老婆孟梅，告诉她，自己找到毛泽西了。

孟梅的声音有些不对劲，好像很虚弱。宋扬问她怎么了。她说这两天小肚子很痛，一阵阵的。他说，你别不是吃坏了吧。她说，不是。他说，那一定是你压力太大，考试通不过也没事啊，这把年纪，别跟那些年轻人比啦，减压减压。她说，嗯。他说，要不要我过来？

她说，不用，过两天应该会没事的。

他说，你别熬，得去医院看看。

她答应。然后她问，那个毛泽西同意帮你张罗同学会？

宋扬笑道，他哪有空啊，但他一口承诺办同学会的钱由他出。

孟梅问，他能找到那些小学同学吗？

宋扬说，哪有啊，他说一个都没联系了。我问他，你红了，难道他们没人来找你吗？你猜他怎么说，他说，就你宋扬呀，害得我还给你签了个名。

孟梅虚弱地在那头笑，说，要不你跟着他混吧，说不定前景挺好的，他不是叫"小马云"吗，当年跟着马云的，现在都成千万、亿万富翁了。

宋扬说，跟他混？怎么混啊？就怕现在我连跟都跟不上了。

孟梅有些好奇地问，这次见着他，觉得他怎么样啊？

宋扬说，也没聊什么，就下了一会儿棋，他现在有点像老大，而以前他可是小弟感觉。

孟梅嘟哝了一句什么，宋扬没听清，他感觉老婆的肚子还在痛，就说，你赶紧去医院看看，现在就去。

同学会

二十一

宋扬也激动起来了，全城找人，竟然是老同学蒋亦农。

宋扬寄予厚望的大红人毛泽西这边没有老同学信息，而李依依那边却突然有了。

有天中午，宋扬接到李依依的电话。她兴奋地说，宋扬，你赶紧过来，我找到人了！是老同学。你快点过来可以吗？有好事。

宋扬骑车过去。当他走进她19楼办公室的时候，发现与上次来时气氛迥异，满屋早春中午的阳光，她的脸在明亮地欢笑，绿色植物在闪闪生光。她站在书架旁，手拿着一张报纸，见他进来，就像轻快的小鸟展翅，迎了过来，把报纸递向他，说，你看你看，是我们同学！

宋扬看报纸。一下子没看出个所以然。

看见了吗，看见了吗？李依依说。

宋扬说，政治局会议？

李依依笑道，没让你看这个，没让你看头条，咱老同学再风光也不可能进政治局，你看下面。

宋扬说，下面？"有专家建议，全面放开生二胎"。

哎哟，李依依伸手敲了一下他的肩膀，尖声说，你看到哪里去了，还二胎呢，放开也没用了，我们已经生不动了，宋扬，看中间的图片。

宋扬这才知道她要自己看报纸头版上的主照。

主照其实是由6张小照片构成的一个方块，内容全是一位男子坐在街边修自行车，身后是夜色中的城市。题图文字是：靠近你，温暖我——周末夜，电厂工人十年如一日为路人免费修车。

宋扬注视男子的脸。6张小照片上，随着年份的推移，他的面容在逐渐老着。老同学？不会吧。这是谁啊？宋扬问。

你再仔细看看。

宋扬仔细看，还是没看出来，感觉他比自己和李依依老。

蒋亦农呀。李依依终于说。

宋扬脑海里浮现出一个黑黑的瘦小孩，蒋亦农。

不会吧。宋扬说，你怎么知道他就是蒋亦农？

我哪会知道他是蒋亦农？如果别人不说，我也想不到会是他。李依依笑道。

宋扬心想，即使你说了，我也认不出来，真是他吗？

李依依告诉宋扬，这组照片前天发表在他们报纸上，是摄影爱好者拍的，作者是个老人，跟拍了好几年，报社有这样一个业余作者圈。

宋扬再次打量这组照片，照片拍得很寻常，但好在有时间感，一年年跟拍，让男子的面容和他身后这同一片街区的变化显出了时间的力量，因而真实、扎实，不是一般表扬好人好事的简单调子。

李依依介绍，前天报纸一出街，这组图片立马被人传到了网上，被誉为"美丽修车人"，轰动了。有人在意的是人物面容的逐年改变，有人在意的是同一片街区夜景的变迁，但不管在意什么，照片火了，于是全省媒体都去找这个人。照片是我们报社先登的，人也是我们记者先找到的，人所在的社区、单位也都被我们找到了。他身边的人都说，这是个好人，是该宣传宣传，他叫蒋亦农。

哦。宋扬也激动起来了，全城找人，竟然是老同学蒋亦农。

宋扬拿起报纸继续看照片，但还是没辨出一点记忆中蒋亦农的影子。

记得小时候上学路上，会经过蒋亦农家门口，他家在年糕巷临街平房里。现在想来，他家境可能不太好，宋扬走过他家门口时，会对着黑乎乎的屋子叫一声"蒋委员长"，黑瘦小孩"蒋委员长"就背着书包，拿着一只馒头，边咬边走出来，与宋扬一起去上学。

李依依满脸兴奋。

她说，这是我们报纸近期社会关注度最高的报道，这是我们率先"发掘"的，很草根，很温暖，图好人也好，而且，宋扬，他还是我们老同学！

宋扬还是半信半疑，问，真是他吗？

她扬眉说，怎么不是，我都已经去见过他了，他小时候就住年糕巷，学校旁边的年糕巷老平房，连这一点我都跟他对上了。

让李依依激动的还有，接下来，将由她来负责组织"美丽修车人"连续报道和人物典型推广活动。

她对宋扬说，多家媒体拼得好凶哪，好不容易出了一个能火到网络上去的草根榜样，哪一家媒体都想抓这个典型。而且，省委宣传部也高度重视对"美丽修车人"的挖掘、推广，"美丽先行区建设"正需要这样的典型，因此各家媒体争夺激烈。我都动用了我家阿土的关系，才把这个典型拿到我们报社手里，宣传部门决定让我们报社负责深挖人物精神，主推长篇报告文学，甚至出书。

宋扬在想"蒋亦农成活雷锋"了，而她在说，这个人物，当然得由我主抓喽，他是我小学同学呢，没人比我更适合。

宋扬看她这高兴劲儿，笑起来，说，好，这是主业，你终于可以做点主业了。

她点头说，确实是好事，当然，首先是蒋亦农好，我们班出了个大好人，而对我来说，这是缘，你说是吧，为什么我正想做点新闻主业时，偏偏就碰上了我们的蒋亦农，这不是缘吗？

还真是机缘。宋扬点头。

她用手指点了点宋扬，表情高深地一笑，说，对你也是好事。因为要推出长篇报告文学，要出书，所以得有人来写作，我想让你来写，让你来做这本书。哎，宋扬，省委宣传部门、蒋亦农所在单位，都将提供创作经费上的支持。

我？宋扬说。

李依依点头，解释自己的想法：对宋扬你来说，可不完全是为了稿费，你得评职称，这是当务之急，而要评职称，你就得拿有分量的作品出来。你们头儿李美平也这么说，她知道你平时也写写弄弄，但归根到底，你要有作品出来，并且要获奖，因为这对评职称有用，你总不能到这个年纪还是中级职称。宋扬，现在这个"美丽修车人"就是一个最好的评奖题材。

宋扬惊呆了，她真热心，上次在少年宫"雅香"茶餐厅聊过后，她还真的惦记着他的事。他笑了笑，说，呵呵，我行吗？

她扬眉说，怎么不行，你本来就在做出版，文笔也好，你知道怎么写这书。并且归根到底，你是他的小学同学，这一点没人可比。所以不算我开后门，你说还有谁能比你写得更出情出彩？

宋扬笑道，你还真会做思想工作。

这个中午她一直在激动，现在她说服了自己的小学同学加盟写书。她是多么高兴啊，她伸开手臂，做拥抱状。

她还真的拥抱了一下自己的小学同学宋扬。

她说，咱们好好做一把，谁让我们是小学同学呢，谁让我们班出了个"活雷锋"呢。哦，我们班还出了个"财富英雄"毛泽西。

呵呵，宋扬也笑着拥抱了一下她，说，这个角度不错，他俩遥相呼应，耐人寻味，来自同一个起点，我们四班。

同学会

二十二

隔着30多年的时光，彼此已不是同一类群的人了，彼此都感觉到了这个，这是一目了然的，比如言语方式，甚至寒暄的主动、被动姿态。

宋扬打电话给老婆孟梅，问她身体怎么样了，去医院看了吗？

孟梅说，还没去，今天有一场考试，这小肚子痛是一阵阵的，现在不痛。

她答应明天去医院看看。他说，要不明天我坐高铁过来吧，我下午或者傍晚过来，因为上午小学同学李依依跟我定好了，要去另一个小学同学家里看看，那位同学现在成了"活雷锋"。

宋扬就告诉了孟梅自己受邀写书的事。

孟梅说，挺好，你这女同学挺好心的，还关心你评职称呢。

宋扬说，也不知道写不写得好。

孟梅说，你好好写呗，宋扬，你确实该有作品获奖，这个阶段，你写这个报告文学可能比写那些小说靠谱，你明天别过来了，你去忙写书的事吧，你同学邀请你是看得起你，总得写好一点。

嗯，宋扬说，想不到千年不联系的同学，一旦联系上还蛮有故事的。孟梅问，这同学长得好看吗？宋扬笑道，哪怕再好看，人家老公可是省领导哪。

第二天上午九点半，李依依、宋扬来到了城南电厂工人新村。

事先李依依已经联系过了，蒋亦农今天轮休在家。

一个壮实的中年人站在小区门口，在左右张望。他穿着暗青色的夹克衫，身体稍有发福，像板刷一样的平头，一只手搭着眉宇，挡着明晃晃的阳光。

蒋亦农。

李依依叫了一声，向他挥手。

他向他们点头，并疾步走来。

是的，宋扬认出来了，这就是照片上的那个热心肠男人。但宋扬还是无法将他与记忆里的黑瘦男生对上号。

他们握手。蒋亦农面容温厚，有些局促。宋扬说，蒋亦农，你还认识我吗？

蒋亦农点点头，瓮声瓮气地说，宋扬。

宋扬说，蒋亦农，我可认不得你了。

蒋亦农笑了，脸颊上有一个酒窝。这让宋扬感觉到了一点往日的印痕。是的，那个小男生上课的时候，喜欢咬手指。卓老师说，你别咬了。大家回头去看他，他难为情地笑着，脸上有一个深酒窝。

现在蒋亦农带着他们往家里走。看得出小学同学的到来，让他有些激动，但也有些拘谨，当老同学注视他时，他眼睛下意识地闪避。

隔着30多年的时光，彼此已不是同一类群的人了，彼此都感觉到了这个，这是一目了然的，比如言语方式，甚至寒暄的主动、被动姿态。

蒋亦农举手投足，是工人阶级的气息了，温厚，爽快，在两位突然登门的文化人同学面前，略微局促，稍低姿态。

宋扬说，我小时候常去你家做作业，你家就在学校前门的年糕巷，你还记得吗？

他温厚地点头。宋扬不知道他是不是真的记得。

那时候放学，路过蒋亦农家门口时，蒋亦农常会问，去我家做作业吗？几个小同学就一起走进那间光线黯淡的屋子，坐在他家的圆桌上，一边做作业，一边打闹。坐在墙角糊香烟盒的，是蒋亦农的妈妈。她从这一桌同学里一眼就认定了宋扬是个好学生，她大声说，我就看出来了，亦农，你这个同学做作业比你们快得多，我就看出来了，他跟你们不一样，他以后有出息……她这么夸，闹得小学生宋扬脸红了。有时候她还会走过来，看宋扬写字，她啧啧赞道，他写字好快啊。有一次，数学测验宋扬考得不太好，而蒋亦农好像考了十几分，宋扬怕回家订正试卷被老爸看见挨骂，放学后就跟着蒋亦农去了他家订正试卷。蒋妈妈瞥见了自己儿子卷子上的成绩，好像没大惊小怪（这一点曾让宋扬对该同学家的氛围羡慕无比，假如在自己家，这是不可想象的），蒋妈妈只是说，亦农，你要好好向你同学学习，他一定考得很好。她就过来，掀看宋扬放在桌上的试卷，宋扬脸红耳赤，赶紧捂住分数，拎起书包就要走。阿姨呵呵笑，没关系，没关系……

现在，他们走进了蒋亦农的家。

他家在一楼，是老式的格子楼公寓，光线较暗。蒋亦农指着屋内说，不好意思，家里很乱，你们随便坐。

家里确实挺乱，空间小，四处堆着杂物，木桌、五斗橱、木沙发……是八十年代的式样。三位老同学就在小小的客厅里坐下，水泥地板上一只小花猫在跑动。蒋亦农对着里间大声说了一句：妈妈，是我以前的同学来了。

宋扬和李依依就听见了里间的动静。他们一起走到里间的门口，看见一位老太太正卧靠在床上，头发花白蓬乱，在对他们说，好好。

蒋亦农说，我妈瘫痪都已经十几年了。

两位老同学就走到老人床前，说，阿姨好，我们是蒋亦农的小学同学。

老太太说，小学同学，好好好。

李依依像她这个年纪所有善解人意的女人，利索地夸老人有个好儿子：哎，阿姨，我们这么多年没见蒋亦农了，想不到他现在成爱心人物了，你这个儿子真了不起。

老人脸上笑得皱成一团，说，是的是的，我这个儿子孝顺，他这样照顾我，他几个姐弟没人做得到，我是2001年走不动了的……老人说着这些，让蒋亦农有些窘，他想拉同学到客厅去，但她妈妈拖着李依依的手，还在说话。家里平时来人少，老太太没什么人可说话。

站在这里，李依依更加感觉到了"爱心人物"的爱心，她有些激动，对老人说，我们同学谁都想不到蒋亦农如今已有这样的境界，是个大好人，对内对外，实实在在，爱心满满。她指了一下宋扬，说，我们同学准备好好把他的事迹写下来，好好宣传，这几天我们报社的报道影响已经很大了，接下来，阿姨，我和宋扬会把蒋亦农包装好，更好地推广出去。

老太太说，谢谢你们对他好，你们还是给他找个老婆吧，他这个年纪了，还是一个人，你们还是给他找个老婆吧。书不写也没关系，书就不要写了，他只是个工人，老老实实的，不是上书的那种人。他太老实了，一个人跟我这么个老娘在过，你们同学帮帮忙，赶紧给我们亦农介绍个对象吧。老人说着就泪水纵横了，拜托他们管儿子的人生大事，吓了两位老同学一跳。

蒋亦农脸红了，说了声，妈。一边就拉着宋扬他们往外间走。

三位老同学坐在小客厅里，现在气氛有些变了，有一些哀愁的东西浮在这光线黯淡的空间里。李依依是个感性的人,她环顾这凌乱的屋子,说,亦农,你呀。她欲言又止,其实她也不知该说什么。而宋扬以为她想说的是"你对人那么好,也该照顾好自己"。

不知为什么宋扬心里有些软软的,他想把这气氛扭转过去,他就跟蒋亦农回忆小时候去他家做作业的事。

宋扬说,你妈妈还烧汤圆给我们吃。蒋亦农笑着点头,对于宋扬的每次怀旧,他一直在点头,但没跟进互动、补充、回应。他这拘谨样,让宋扬好像隔了一层雾气。宋扬继续把往日的细节拉到面前来,他说,我记得你当时做手工最行了,学校办灯会,我交上去的鱼灯、兔子灯都是你扎的。蒋亦农说,你记性真好。

李依依可没忘来这儿的目的。她说,亦农,这么多年你一直这样厚道老实、埋头肯干,你们单位领导也夸你,你得好好跟我们老同学说说你自己,说说你做好事的想法,这样宋扬也好写书。亦农,你真不错,亦农,你怎么这么好?

蒋亦农局促地摇头笑着,搓着手,说,现在总是你们好,文化人。他看了宋扬一眼,说,小时候我妈就老夸你。

宋扬就知道他还真的记得自己在他家做作业,心想,说来可真不好意思,我可没什么出息,只是现在我来给你写书了,而你成了活雷锋。

李依依说,嘿,都不错,宋扬,蒋亦农这事说明,只要一个人扎实、勤劳、厚道,无论在哪个角落里他都能出来。

宋扬想,她是做思想工作的人。

关于自己,蒋亦农不善言语。这一个上午,他不时地摇手说,哪里哪里。

两位老同学看他拙于言辞,心想,今天就认个门吧,下次再来深聊。就告辞了。

从蒋亦农家出来，宋扬感觉与来时想象的不太一样。但仔细想想，好像也理该如此，他知道这就是真实。

而真实未必像这室外的阳光，有明确的表情和情绪。比如，他的低调，他摇手的样子，他的清苦，他母亲的焦虑，以及他隐约的局促和躲闪。

也正因为这样想，宋扬对这爱心榜样的心理依据、情感驱动力好像没看明白。当然，这仅仅是第一次来，那么多年没见面了，彼此还拘谨着，无法畅言。而要写书，打动人心，则必须找到这个情感驱动力。宋扬在想着平时媒体上见到的那些做好事的人。蒋亦农跟他们一样吗？他是从哪天开始想当雷锋了？记得小时候他与自己一样，也不是一个冲在前面会表现自己好意的人，害羞，怕被说想当先进。

李依依好像也在想这个，虽然书不是她写，但她处于自己强烈的情绪中。她在说，宋扬，我理解他了，他这样的处境，当然需要一个人的"被需要感"，需要被人爱的感觉，所以他这么利他。他真的好可怜，大好人啊。

她都快要哭了。她说，我们一定要把书写好，把他推出来，让他成为"感动中国人物"，我们一定得帮他。很显然，他生活是有困难的，所以这一次是个机会，我们得帮助他把握这个机会，让他过得好一点，冲上去，这样也能找个好女孩，成个家。当然，我们自己也得把握这个业务上的机会，呵，他正好是我们的小学同学，你说对不对？

她看着宋扬，伸开手臂激动地拥抱了一下他。她说，谁让我们是小学同学。她甚至贴了贴他的脸颊，笑道，小学同学。

在大街上，他有些尴尬。而她是因为激动，仿佛代表小时候的自己拥抱了他的小时候，呵，那时候是有点喜欢他，好脾气的小帅哥班长。

同学会

二十三

这接下来的日子，宋扬只能让自己的注意力离开"同学"以及"同学会"，因为他像一只慌乱的蚂蚁，开始四处奔波，以给孟梅多一丝生机。

宋扬在下午去上海的高铁上，一边想着怎么写"活雷锋"，一边回味着上午蒋亦农说这句话时的神情——"现在是你们好"。车窗外是飞速掠过的田野和村庄，就像这些年匆匆过去的时光。

呵，宋扬在心里对自己和这个小时候被叫作"蒋委员长"的男人摇头。我好？呵，我也没太好。

他想着蒋亦农家光线黯淡的客厅，他妈妈的病容。哦，就算我好吧，没病没痛的，就已经好了，"蒋委员长"。他略有自嘲地想。

这一定是天意，是冥冥中的命定和意味深长。这一刻，当宋扬想着这一句话的时候，孟梅正捂着小肚子坐在医院的长廊里。

她今天来看病，医生让她做腹部CT。CT报告刚才出来，医生看着报告，先是含糊地说了几个专业名词，然后说，你家人呢？你家人在哪里？

孟梅就知道医生不方便直接对自己说，于是就知道身体出了大事情。

她对医生笑了笑，说，家人在外地，没事，医生您对我直说，我是大学老师，我会面对的。

医生说，结肠癌肝转移，晚期。

现在孟梅坐在长廊里，她想让自己的恍惚感先定一定。她想，除了最近这几天小腹痛，平时无知无觉的，怎么一下子就到了癌症晚期？

空气里是消毒水的气息。医院里人来人往，孟梅想，怎么办？她知道此刻老公宋扬正在路上，她想象着他知道病情后的样子，她想，结婚才一年，我这麻烦给他添的。

这接下来的日子，就像宋扬在火车上的自嘲，只是现在他是从相反的方向去感慨这一点：没病没痛，就是好了。

这接下来的日子，宋扬只能让自己的注意力离开"同学"以及"同学会"，因为他像一只慌乱的蚂蚁，开始四处奔波，以给孟梅多一丝生机。

上海的医生告诉他，因为肝癌已经广泛转移，所以无法手术，也没有别的医治手段，只有化疗，用当下最先进的靶向化疗。

医生建议他们回自己所在城市的医院做化疗，因为化疗在哪儿都区别不大，区别大的是用什么药，具体来说，是用进口的呢，还是用国产的，两者效用差距较大。如果有钱，进口的每支4500元左右，每次用四到六针，一周一次，一个疗程下来四五万元左右，很昂贵，并且需要连续多个疗程。

宋扬孟梅眼睛直愣愣的。

医生看他们普通工薪夫妻的样子，说，你们还是回你们自己城市吧，生活开销比上海这边少一点，这样多少也可以用一点进口的。

宋扬孟梅从上海回来。孟梅住进了本地一家大医院。这时疼痛已经让她无法忍受。化疗立即进行。宋扬存折里还有十来万元，他想，先用进口的再说吧。

于是他买了进口药，连同各种不能报销的医疗费，一下子去掉了5万元。

进口药效果真的极好，针打下去，疼痛就消失了，人就没事了，甚至可以走动了。宋扬说，别动，别动，你躺着。孟梅说，好好的，现在躺着干吗？

是的。她在病房里走动，脸色正常，跟没病时一模一样。

这是什么好药啊。难怪那么贵。他们面面相觑，心里都在算钱。

转眼间，第二个疗程即将来了，宋扬心里急得像有蚂蚁在爬。他在病房走廊里听人说，这种药在香港买的话，每支3000元左右，即使去掉飞机票钱，每次也可省一万元左右。

真有这样的事？他给老同学李依依打电话，说，你们媒体消息比较灵，这个药在香港是否可以去买，真便宜这么多吗？

李依依大吃一惊，说，啊，你老婆得这个病了？宋扬，我去打听，你别急，别急，挺住哦，宋扬，一定挺住。

半个钟头后，李依依电话来了，说，是的，有这回事。

她还告知了一家药店名，说，其实网上也搜得到这些情况，你去网上看看。

宋扬去网上搜，发现确实有人去那边买这个药。

于是在下一个疗程即将开始前，他去了香港。当天一早飞过去，直奔德华药房，买好药，坐下午的飞机回来，直奔医院。

在这个季节，这种药只可保持10多个钟头，并且不能长久冷藏，所以一次不能多买，这意味着，他每周得去一次香港。

钱在如水一样地流走。连她以前积攒的20万元，也开始动用了。

一天天捱过去是那么艰难，钱在少下去，宋扬也在迅速瘦下来。在又一次即将去香港时，宋扬接到了李依依的电话，李依依说，我找到了一个老同学，她现在在香港生活，你这次去找找她看，以后没准可以让她帮你买，然后托好心人从机场带回来，这样至少可以帮你省掉路费。

李依依告诉他，这个老同学叫吴艺花，你还记得吗？"风飘飘"吴艺花。

宋扬记得这女生，尤其是记得这绰号。

"风飘飘"比班上其他同学成熟，是留级生，体育特长，四年级时从少体校转来的，走路步态利落轻飘，所以叫"风飘飘"。宋扬还在看童话的时候，她就看爱情小说了，她来他这儿背语文课文的时候，告诉他《第二次握手》可好看了。而背课文，她总是背不顺，一遍遍地重来，背了一半就看着天花板，然后甩一下短发，回自己座位去，过了一会儿，又来了，开背，又卡住了……宋扬只能给她开绿灯，因为他好说话。虽然吴艺花不爱读书，但班上好多小男生可是听她的，因为她爽利潇洒，有风格，现在想来是"酷酷的"。她还能帮他们去打别班的男生，五班的"洋种马"看着她也是发怵的。

他想着她小时候的样子，不信她能帮自己这个忙。但想到她现在居然混到香港去了，又挺好奇的，她这么能干了？

宋扬按李依依给的EMAIL邮箱，给吴艺花发了一封邮件。

很快他就收到了回信。吴艺花说，好啊，宋扬，我们约个地方见面，你熟悉香港哪个地点？

宋扬告诉她，德华药房。

她回：那就在药房门口见吧。

同学会

二十四

宋扬看了一眼窗外的大街，亚热带的阳光正照耀着这陌生城市的街头。这些年小学同学们像一朵朵蒲公英散落在各处生长，而"同学"是否就像空气中一个潜在的记号，使彼此冥冥中相连？

于是这一次，宋扬奔向药房的时候，就看见有个女士站在门口，瘦削高挑，衣装朴素，面含笑意在打量着自己。她身旁还带着一个瘦高男孩，背着书包，高中生模样。

她问，是宋扬吗？

是，你是吴艺花吧。宋扬认出了她。她现在这样子当然与那时候的"霸王花"不同了，但轮廓还是那个女生，圆脸，大眼睛，举手投足有隐约的利落。反正，说这人就是吴艺花，并不出乎意料。

吴艺花笑道，宋扬，你这么瘦，我可认不出你了。

宋扬也笑道，你可没怎么变。

她温文地看着他，问，太太病了？

他点头。

她说，真不好运。

她注意到他看了一眼那个男孩，就介绍，这是我儿子，刚才陪他在附近培训语言。

哦，高中生吧，跟我儿子差不多大。宋扬说。那男孩向他笑笑，眼睛可爱地眨了眨。

宋扬对吴艺花说，要不我先把药买了再聊。于是，他们一起进了药房。宋扬熟门熟路，买好了药。她在一旁说，真贵。

从药店出来，他们站在街边，宋扬对她说，不好意思，我也不知道可行不可行，想以后托你买，再找好心人从机场带过去。

她笑了笑，说，李依依跟我讲了，我想应该可以的，我们公司在你们那边有分公司，平时是有人过去的，另外，也可以去机场托托顺路的好心旅客看。

她指了指街对面的一家茶餐厅，说，要不我们去那边坐一会儿。

他算了一下返程航班的时间，去机场还可以稍晚一些。于是他们转到了那儿。她点了几样点心。她儿子在一旁看课本，她与他相对而坐。

与多数老同学在多年之后的重逢一样，面对面时，发现彼此有亲切感，但生疏其实更多，亲切只是一个概念。这一路走过来，曾经在小时候有一个共同的起点，而起点之后，是太多的差别，是啊，这些年隔了千山万水似的，谁知道他怎么在过怎么在爱，有哪些难受哪些得意，哪些能言及哪些需隐忍……所以，现在宋扬与吴艺花好像不知从何谈起。好在还有安慰可以表达，吴艺花说，宋扬，太太这病会熬过去的。

宋扬点头。他说，如果买药送药这事很麻烦，你就别做了。

他此刻这么说，是因为面对这么一个其实已宛若陌生人的她，他有不安的恍惚感。小学同学？那只是很小时候的事了，那时男生女生甚至没太多往来，能这样麻烦人家吗？

她在对面摇头，温文地笑道，不麻烦，试试看吧，没事的。

宋扬是文化人，他有一半的心思还在他自己的恍惚里。这因"同学"而生的突然拜托，让他不好意思，也让他忽然间对"同学"概念中的引力，感到好怪好怪。

他宽慰自己，这同学情结，可能是一个符号，即使千年不往来，也得让彼此相认。但，这是认一种源头呢，还是认一种决心？在这样一个年代，"老同学""同学会"为何慢慢在火起来？是现实太飘摇易变，所以人人潜意识里想回去看一眼，于是对代表过去的"同学"心生亲近，借此去握一下过去，安稳一下情绪？

茶餐厅光线明亮，有只收音机里老狼正在唱："我们就这样在大街上，在琴弦上成长……"

宋扬想，这么突如其来找她办事，她会不会觉得突兀？

吴艺花在说，能省，总想帮你省一点钱，药这么贵，省一点是一点。

现在近在咫尺，他发现她的神情已不是当年的酷女生了，稳重，善解人意，有一些疲惫，还有眼睛里的历经世事之感，像个大姐。

她问他，这些年还行吗？他嘟哝，还行吧，前些年不顺，这两年刚刚好一点了，但没想到，遇上老婆生病这事了。

她同情地看着他，又重复了前边说过的话，熬吧，这是命。

他问她怎么来香港了，你好能干呀。

她笑了笑，说，90年代我不是在深圳混吗，后来认识了几个香港人，他们在深圳开厂。她用手指点了一下儿子。儿子在一旁静静地看书。她说，其中有一个是他爸，后来跟着他来这边了。

她突然眉眼垂下来，脸些许红了，说，后来分手了，那个烂仔。她抬起头，甩了一下头发，说，不说这个了，宋扬。

他就明白了，不再问。多年未见的老同学，有些事是不能随便问的。

而她说不说这个了，但接下来，她其实还隐约在说。这一点多少让宋扬瞥见了她从小练体育的爽利性格还在。于是说着说着，宋扬就感觉她又在稍稍靠近以前的那个小女生了。呵，性格里有些东西可能不会改变。

她在说，宋扬，你跟以前的同学还有没有联系？我是没有了。李依依是我小时候的邻居，她也是这几天才找到我的，说真的，你们把我发掘出来这让我吓了一跳，据说李依依是通过移动公司找到了我妈妈的手机号码。呵，我这人是不太跟以前的人联系的，90年代我就不跟他们联系了，我知道他们怎么看我的，所以不联系的。再说那时候我在深圳这边做，哪有空跟他们联系，再说这边的想法跟他们也不一样。我这人从小就想出来，我从小就不听话的，不像你，是好孩子，我就知道他们怎么想我的。当然，那几年我也是傻丫的，把自己搞得挺乱挺砸的，也没什么好事可以让以前的同学知道。宋扬，最苦的时候，我一个人背着一岁儿子流落这里的街头，不知道晚上住哪儿，看见垃圾桶里的食物都想捡。我心里对自己嘀咕，吴艺花，这辈子估计不会忘记这样的苦了。

宋扬看了一眼旁边看书的男孩。吴艺花知道他的意思。她轻轻摇了摇头，淡淡地说，他听不见，先天性的。

她告诉宋扬，带着这儿子，这十多年自己做过车衣工、洗过碗、摆过摊，也去读过夜大，在这里混，没有技能不行，人一急什么都行了，你想不到我把高等数学都攻下来了吧，现在好一点了，在一家公司里做……

宋扬被惊讶席卷。那男孩在静静地看书，而对面这个女人，此刻在宋扬眼里已披着世事尘风。

她注意到了宋扬脸上的表情，就笑了笑说，别担心，还行，挣得不多，但我会过，我现在可会过日子了，有的人挣得比我多，但没我会过。

他相信。他说，嗯，你吃得了苦，比我们强。

她轻笑了一声，说，也许是吧，最难的时候，我就对自己说，这是过程，这样的苦都吃得了，吴艺花你还有什么苦吃不了呢？

宋扬看了一眼窗外的大街，亚热带的阳光正照耀着这陌生城市的街头。这些年小学同学们像一朵朵蒲公英散落在各处生长，而"同学"是否就像空气中一个潜在的记号，使彼此冥冥中相连？

宋扬对她说，要是这儿很难，那就回来吧。

她说，我不回家，我过年都不太回家，我也不太跟家里说这边的事，怕他们担心，也怕人笑话，我不跟他们说的，你也不要跟李依依讲。宋扬，我也奇怪今天倒是跟你讲了，也可能你现在也正难着，比我更难，我就想讲了。宋扬，以我的经历，什么都是要熬的，熬一熬都会过去的。

宋扬点头。接下来，他们又聊了一会儿小时候的事，毕竟是男生女生，那时课余时间相处不多，如今也就没有太多话题可供怀旧。她说了一个细节倒比较有趣：现在有时晚上做梦，还会梦到在教室里考数学，题目来不及做，铃响了，急出了一身汗。

宋扬问，那么你梦到过在我面前背课文吗？

她笑着摇头，告诉他，那时候我就有些反叛了，一直反叛到了30岁，呵，比别人早长，但比别人晚长大，卓老师有一次被我气哭了，她不喜欢我的，她喜欢的是你这样的。

宋扬说，但是我们男生都喜欢你，因为你会帮我们去打架。

她笑道，我那时候好彪悍的，呵呵呵呵，宋扬，这些年我虽没跟你们这些同学往来，但其实我挺喜欢那时候的，一眨眼大半辈子都快过去了，宋扬。

宋扬要去机场了，他们在街边告别。她搭着儿子的肩膀，看着宋扬手里的药包，说，宋扬，挺住哦。

同学会

二十五

走廊上空空荡荡。宋扬想，眼下孟梅的病已让我焦头烂额，恐怕没有精力帮毛泽西做什么了，如果不能做什么，难道他把我当佛一样供着，仅仅因为我是小学同学？算了吧。

孟梅在化疗。宋扬坐在医院的走廊里，手机响了，他接听，是毛泽西的声音。

　　毛泽西说，喂，宋扬，你在哪儿，能过来吗？

　　宋扬说，我现在没时间。

　　毛泽西说，哎，有件事我一直想问问你，你过来我这边做好不好？

　　是吗？这一刻宋扬心里其实正在想孟梅针打得怎么样了，有什么反应。所以他没多想，脱口而出：我？我能做什么呀？算了吧。

　　毛泽西笑道，做什么我是有数的，适合你的。

　　宋扬不知道这小学同学在想什么，也许在开玩笑吧。宋扬说，毛泽西，不好意思，我正忙着呢。

　　毛泽西说，哦，宋扬你是在开会吧？你再想想，然后告诉我好不好？

　　宋扬见护士在那头向自己招手。他一边走过去，一边对着手机说，好，毛泽西，我空下来的时候，再联系你。

　　孟梅这天的化疗很顺利。晚上宋扬在医院陪夜。当孟梅睡着后，他坐在病房走廊上发愣，突然想起了毛泽西白天的那个电话。

他是真想让我去他那边做？宋扬想，为什么？好像没有任何理由。

走廊上空空荡荡。宋扬想，眼下孟梅的病已让我焦头烂额，恐怕没有精力帮毛泽西做什么了，如果不能做什么，难道他把我当佛一样供着，仅仅因为我是小学同学？算了吧。

同学会

二十六

其实在之前，她与他也都是知道的，对于像他们这种情况的再婚老同学而言，重新开篇，抱团感是需要培育的，但没想到，这培育居然来自眼下的灾难。

在接下来的日子里，老同学吴艺花托人从香港带的药如期而至。

而孟梅心急如焚，因为钱在告急，她知道这个家的家底。她想，这怎么可以呢，宋扬还要供儿子读书呢。

她告诉宋扬，别用这个进口药了，别用了，咱们就用中药好不好，再说，医生不是说过了吗，即使这种昂贵的药现在有效，但它会让身体产生抗药性，最终也会失效的。

他支吾着。她知道他没听进去。

她忧愁地看着他，他内向，心里有事的时候不会主动说出来。

现在他那种怯生生的、好像一记巨雷炸响让他懵了的表情，令她心痛。

说实话，在此之前，她对这个人、这个曾经的老同学，还没有这种心痛的感觉。一年来，朝夕相处，只有再婚者牵手的小心翼翼，和一起过下去的决心，平日里彼此在躲闪着各自先前境况、牵绊的困扰，好似怕让对方难堪，但又恰恰因为这种心照不宣，两人之间有隔着些什么的拘谨。于是这日子在过，有些用力，有些累。

她以为再婚的生活就是这样子的，还有什么可兴奋的呢，而现在，这个人，突然让她心痛起来，甚至心里有巨大的情感在一天天、一秒秒地涌上来。她发现自己好像突然狂热地爱上了他，又知道即将失去，于是在爱与痛之间，感受幸福的强度。比如，现在每当她看着他走进病房来时，觉得他是那么悦目，心里有强烈的渴望，无人在旁时，她搂住他，亲他，她感觉自己对于他突然有一团火在心里燃烧。她在这团火的温度里觉察到他也在跟自己贴近。她久久地亲他，亲他的脸、眼睛和嘴唇。她想，他可能会把这种强烈的表达，当作她对于生的依恋。她毫不害羞地拥吻着他的脸，有一次当护士进来时，她也无所谓了。她的强烈只有她自己知道是因为情感的突然起潮，这情感好像来自对某件事某个人某种状况的突然明悉，从而无法遏制。一年前决定结婚的夜晚都没有这样强烈，那时只觉得放眼过去这老同学是合适的、了解的、坏不到哪里去的，而且他单身一人有一目了然的可怜。而现在，这些都不是了，只想对他好，多一点好，长久一点好，她想，原来爱是这样啊。

其实在之前，她与他也都是知道的，对于像他们这种情况的再婚老同学而言，重新开篇，抱团感是需要培育的，但没想到，这培育居然来自眼下的灾难。

是的，她在情涌。她的悲哀让这一切有了强烈的感染力，他的无措与悲悯也在涌动。

有时看着她无声无息地睡着的样子，他感觉自己好像在梦中：婚姻不顺，到40多岁的时候，又结缘老同学，然而却遇到这场灾难……人在灾难中一切都会改变，心里的担忧、哀愁、杂念此时全部袒露在彼此面前，不加掩饰，也无法掩饰，像一对鸟雀在屋檐下等待风暴的到来。人一旦相依为命，感觉就近到无法分离，遗憾的是，现在才开始，却是尾声。

由此，他时常走神，以前在大学的时候，怎么没在意过她？

印象中，那时的她也游离于班级之外，与当时的男友方海波沉浸在他们两人的小世界。

宋扬想，如果那时候就与她结缘，那么毕业至今这二十多年又会怎么样呢？她是否会免此一劫？人生因果真是不可思议啊。

她心疼他，由此心疼那些钱。

一个疗程结束后，她回家来住。他在算下一轮化疗的时间。而她问他，这样下去怎么办？我总是要走的，留下你总还是要过日子的，钱不能糟蹋掉了，否则你后面怎么过呢？

他表情有些木然，瞅着她，突然笑了一下。他在房间里走动，眼睛看着天花板，说，有钱，会有钱的，你放心。

她知道他在打算卖房了。

她知道他在打这个主意了。

因为他在医院接电话时，她听到了一句。好像是中介的电话。

她明确告诉他：不行，即便你以后可以住到你爸妈家去，但卖房这不可以，否则我明天就放弃治疗。

她看着这屋子，心想，以后他还可以成家，但如果没这屋子了，他再要成家就没这么容易了，所以，得给他把它留下来。

她看着双人床，心想，明年、后年，这里会有另一个女人吗？

这使她肝肠寸断。她搂住他，嘟哝：如果在大学的时候，我找你就好了，那么我们至少可以多过二十年。

她说，我是多么嫉妒，嫉妒你，嫉妒我，嫉妒过去了的时间，嫉妒我们以前在大学时没有在一起，嫉妒我们老同学没早点联系，宋扬，我不知道嫉妒谁，反正嫉妒。

他笑，我没嫉妒你那时的方海波已经算好了。

这是他以前从来不提的，但她知道他未必不在意，不，肯定在意，这也是这一年来飘忽在他们之间的雾气之一，谁让那人也是同班同学，想起来都不自在。而此刻，宋扬说起这个，好像说一个笑话，真的成了一个笑话。她亲吻宋扬的脸，说，别笑话我，我知道了，我嫉妒你是因为我对你这么好。

同学会

二十七

宋扬看着蒋亦农的脸被忧伤席卷。宋扬一时无语，他恍惚地想：那时在小学的教室里哪会想到30多年后，我们会像现在这样站在这里心里一起难受；那时候哪会想到这个老实巴交的瘦黑男生多少年后心里埋着这样的隐痛。

去哪里找钱呢？

无数个瞬间宋扬都在想这个问题。

要不找人借？就找小学同学毛泽西吧，现在就他最有钱。

当然，这只能想想而已，宋扬知道自己绝不可能向他借钱。多年没深交了的小学同学，怎么可以开口呢。

于是，他自然就想到了那天毛泽西的那个电话。哎，要不去他那儿干吧，收入一定比现在多。宋扬想，但这样，就得从出版社辞职，估计爸爸会气急："啊？辞职跟着毛东月的儿子混，看他的脸色吃饭？"

宋扬在心里对自己的胡思乱想摇头，是的，这是不可能的，毛泽西不过开开玩笑而已，即使不算玩笑，眼下自己这一摊乱事，怎么去他那边做呢？

那么，去哪儿赚钱呢？

他突然就想到了李依依邀自己写那本关于蒋亦农的书。李依依说过，这本书已被列入"全省报告文学精品工程"，向有关部门争取到的写作经费是15万元。

这稿酬是高的，尤其对于宋扬这样的不知名作者而言。宋扬想，对啊，写书！把它拿下，这也是自己该帮蒋亦农、李依依做的事。

想到稿酬，宋扬好像悬空的脚尖踩到了一丁点儿地面。

宋扬知道，由于孟梅的突然得病，写书这件事最近被耽搁了。上次从蒋亦农家回来后，宋扬还没跟这"活雷锋"再作过深谈。

宋扬突然想到，今天是周末，不是说蒋亦农每个周末夜都在水灵街摆摊免费修车吗，要不去现场看看，做些采访和酝酿，尽快开写吧。宋扬想。

宋扬告诉孟梅晚上去看小学同学做好事。孟梅说，对，我好想看到你能把它写完。

宋扬知道孟梅这话是什么意思。宋扬平时喜欢写作，但多数作品写着写着就没了下文，孟梅平时常打趣宋扬这一点文学青年的通病——有无数个小说的开头，但往往无疾而终。而如今，身患绝症的她说这话，已有另一番意味，这让宋扬郑重其事地回答：这个我一定能完成。

晚上八点，宋扬骑车去水灵街，街灯照耀，灵河闪着波光，远远地，果真看见了灵风桥下的爱心修车摊，这是蒋亦农固定的地点。

这是一个简单的车摊，一辆小推车，一块横幅，一只小板凳，地上放着扳手、打气筒、水桶等器具。两三位行人正扶着自行车站在摊前等待修理。路灯光把人影长长地投在路面上。穿着灰蓝色工装的蒋亦农蹲在地上，正在摆弄一个车胎。

宋扬叫了一声，蒋亦农。

蒋亦农抬起头，见是宋扬，说，哎，难得，你怎么来了？

宋扬笑笑，停好车，就在他身边蹲下来，说，不是要写你吗？

写我？蒋亦农看着宋扬，有些吃惊。突然他记起这事了，嘟哝道，我有什么好写的？

灯下，他的质朴、拘谨一目了然。他把车胎浸到了一个塑料桶里，细细查看漏气孔。他轻声问，宋扬，你老婆怎么样了？我听李依依说了。

宋扬看着水里冒出了一串串小泡，他说，在做化疗，用进口的药，疗效很好。

蒋亦农转过脸来，眼神同情，说，唉，家里有人病了，一个家就不能安心了，这个我有体会的。宋扬点头，他想起那天蒋亦农妈妈的面容。

这个壮实男子利索地补着胎，嘴里说，你自己不能累病了，写不写书这不是个事儿，不写也没关系，你老婆的病重要，真的。他仰起脸，看了一眼宋扬。宋扬眼神闪烁，说，这不矛盾。蒋亦农说，哎，宋扬，报纸上已经写了很多了，就这么点事儿，已经写了很多了。

宋扬告诉他，报纸是报纸，书是书，书的内容更丰富，挖掘素材需要更多。

蒋亦农憨厚地摇头，说，再怎么写我，也只是给人修修车呀。

陆陆续续来修车的人，都知道这师傅是谁。他们中既有刚好路过这里需要修车的，也有想看看这人是啥样子专门过来的。

他们站在车摊前看着蒋亦农麻利的动作，赞几句"不容易""坚持这么多年""好人""这年头不多"……站在这沉默少言的小学同学面前，宋扬有些感动，因为他认同他们的潜台词——"即使作秀，坚持十多年下来，你去做做看"。当然，面对这些赞许，宋扬也有些不自在，这是他的个性，因为他不习惯这样被人围观着说好，蒋亦农小时候默默无声，好似也没这样的性格。于是宋扬看着他停不下来的手，心想他如今这样会不会有些做筋骨了？

因为蒋亦农在忙，他俩一时无语，还因为面前有人等待修车，宋扬也不知该如何切入深聊的话题。

到九点半，路上行人少了。修车摊前空了下来。蒋亦农说，我十点收摊，宋扬你先走吧。宋扬说，我陪陪你，我老婆今天状况不错的，我出来也是透透气。

蒋亦农把唯一的那张小木凳拉过来，说，你坐。

宋扬没坐。他说，蒋亦农，我们小时候叫你"蒋委员长"，你还记得吗？蒋亦农笑笑，说，小时候顽皮呢。宋扬说，小时候你可不太顽皮，闷声不响的，被老师叫到发言，总是脸红，可想不到现在你做成这么大的好心人啦。

路灯下蒋亦农的脸红了，他笑着嘟哝，哪有啊，只是修修车，小事一桩。

宋扬说，真的，我记得小时候你跟我都是怕难为情的，不喜欢出头，虽然卓老师叫我做班长。

蒋亦农显然明白宋扬话里的意思。他眼睛里有局促，他说，我现在也不喜欢，不知是谁把我的照片搞到报纸上去了，当然也是好心，但其实我真的不自在。

蒋亦农温和的脸上有深厚沧桑。宋扬伸手想握他的手，蒋亦农避开了，说，我手脏的。

蒋亦农说，我也就是修修车，现在给了这么多荣誉，压力蛮大的。

宋扬心想自己既然是来采访，就不能绕，否则采访到哪年哪月去。于是，他就直言了，虽然有些别扭：亦农，是的，像这样的周末，你现在不出来修车就不行了，对不对？

蒋亦农笑笑，脸上是他那种习惯性的局促，这让宋扬有些心怜，我是你老同学呀，没事没事。宋扬心想，并接着问，你是从哪天开始出来修车的？

蒋亦农说，13年前的秋季吧。

宋扬问，你是怎么想到需要这样做的？

蒋亦农说，也就是想做做。

宋扬问，你是怎么想到来大街上做好事的？

蒋亦农说，也没想那么多，只会修修车嘛。

宋扬问，为什么是那一年想做好事了？为什么是走到大庭广众前来做好事？有什么事触动你吗？蒋亦农，我想知道，因为好多人做不到这一点，比如我，也未必不能做好事，但让我一个人来到大街上，我可能会想别人怎么想，是不是看着有点傻？

宋扬的直接，让蒋亦农感觉到了。蒋亦农低了一下眼眉，嘟哝，也没特别想什么，我只是修修车而已。

白天热闹的大街此刻人影稀疏，一辆辆汽车飞驰过去。

两个老同学暂时无语。彼此的感觉，是在飞快地生疏，还是在走近？

修车为什么是从那一年开始？情感驱动力在哪里呢？宋扬心里在飞快地想着，这是挖掘人物内心的关键点，写十多万字的书必须解决这个行为依据。宋扬可不想像别人写英模一样，唱唱高调，省事地一笔略过价值观的转折点，因为，这是他的老同学。站在面前，让自己感觉亲近，是一个有来历的、活生生的人，而不是那些遥不可及的高大符号。谁让他是自己的老同学，小时候的"蒋委员长"，憨厚老实的小男生呢。从一个小男生走到眼前这样的一个男人，不知道他走过了哪些路？宋扬自己也好奇着。

宋扬想，有些东西他不说，也可能是潜意识，他自己也说不清。比如，被漠视的草根者，其有"被需要"的内心诉求是一方面；另一方面，他也以自己所理解的"趋主流"方式让自己受关注，从而让处境好一点。当然，坚持13年也是难的，但当这两方面因素加在一起时，也就坚持了。宋扬径自解读，他转脸看着老同学的脸，心里尽是怜悯。宋扬想，有些他说得出来，有些他说不出来，并且未必能直接触碰，好吧，到时再梳理吧。

宋扬掏出手机，打开录音键，想录一些随后的对谈，以便日后整理。哪想到，他这举动让蒋同学有了些紧张。

宋扬问，蒋亦农，你能讲讲13年前你第一次来这里的情景吗？

蒋亦农看着地上的手机，说，好像也是蛮平常的，出了门，把车推到这里。

宋扬问，出门前心里在想什么？我相信你一定记得，因为你以前没做过这样的事。

蒋亦农说，好像没有。

宋扬感觉他没实说，因为他的脸颊颤抖了一下，很明显。

宋扬说，那么，那天修了一晚的车，你收摊时又想了什么，是感觉充实于是决定下一周还要来？

蒋亦农笑笑，说，我又没文化，没想太多。

他看着宋扬，好像不好意思了，可能是觉得自己的这些话让老同学感觉寡淡了。他拍拍宋扬的手背，说，宋扬，要不别写了。

为什么？

不为什么，你老婆身体也不好，而我呢，也没那么值得写。蒋亦农在水桶里洗手，他说，宋扬，真的，我真的不想让人写，我原来也没想让人写。他脸上闪烁着某种微妙的情绪，那情绪在迅速地扩张，脸容就有些激动起来了。他说，宋扬，你也别问我了，我不想让人写，我们是老同学，你就别难为我了。

他这样子，让宋扬吃惊。宋扬赶紧说，写出来，对你也是好的，这一点我和李依依都知道，她也想让你过得好一点。

蒋亦农站起来，说，我没那么想，我真的没那么想，我知道你们好心，但我真的没那么想。他突然伸手把宋扬拉到身边，脸上有情绪起伏，他凑近宋扬的耳畔，轻轻说，你是老同学，你真的想知道的话，我就告诉你吧。宋扬，你知道吗，其实我这些年一直不顺，我才需要来这里。你知道吗，15年前我给厂里开卡车在这路上压死了一个人，一个中学生，人家马上要高考了，我车右转向时，她的自行车胎有问题，她避闪时自行车翻了，那时这条路还是很窄的……宋扬，你是我同学，你那么想听，我就讲给你听吧。虽然我不是全责，但我猜是我开得太快了惊到了她，各种因素都在一起，这是命，所以也是我的命。宋扬，你是老同学，你想听，我讲给你听吧，我还没跟别人讲过。我为什么来这里修车，是因为我不顺，好多年一直不顺，我想可能是因为这个吧，有一阵子我做梦总梦到这小孩骑车从车边经过的背影，所以我就过来这边修车了。我想，做点好事吧，心里可能好过一点，帮骑车的人修修车吧，让他们路上也顺一点……

宋扬看着蒋亦农的脸被忧伤席卷。宋扬一时无语，他恍惚地想：那时在小学的教室里哪会想到30多年后，我们会像现在这样站在这里心里一起难受；那时候哪会想到这个老实巴交的瘦黑男生多少年后心里埋着这样的隐痛。如果那时候知道，一定好好抱抱他，对他好一点，不笑话他，哪怕考试时给他偷看答卷，让他妈妈也高兴一下。

宋扬搂住老同学的肩膀，拍了拍他的背，安慰道，哦，蒋亦农，没事没事，你现在不就顺一点了吗，做好事是有用的。

蒋亦农理解错了宋扬的话。他说，但是，我没想用现在这样的方式让自己顺，因为不是这样的，报纸上这么夸，我也不好意思，因为我没想这样。

宋扬点头，说，我懂了。蒋亦农支棱着眼睛，似哀求道，宋扬，别写了，好不好，真的，我不想让人写。

宋扬点头说，好，不写啦。

蒋亦农对他笑起来，脸颊上有一个深酒窝，现在他的神情像一块纹理清晰的布，不再模糊、闪烁。宋扬想，如果他理一下头发，好好整理一下面容，样子还不错，找个老婆还是有戏的。

于是他握住蒋亦农的手。蒋亦农用力回握。仿佛心照不宣，仿佛对彼此说勇敢。他们收摊，一起离开灵风桥。蒋亦农向空旷的街口摆摆手，似对虚空中说，哎，走啦。

宋扬骑着车往白杨小区去。一路街灯，他想着刚才蒋亦农隐忍悲戚的脸，想着小时候与"蒋委员长"一起给学校养的兔子拔草，一起在他家的圆桌上做作业，为元宵节扎花灯……也想着那笔即将消失的稿酬。

他突然听到口袋里的手机响了。他停下来，接听，是一个模糊的声音：喂，宋扬，小羊羊，你过来，下棋。

宋扬听出了是毛泽西的声音。他在那头噼里啪啦地说着：还没下完呢，你准输……

宋扬感觉他多半醉了，现在都几点了，还打电话来让他去下棋。

宋扬说，毛泽西，我睡了。他听到那头笑骂了一句，靠，你还来不来啊，还没回我呢，来吧，你来这儿。

宋扬知道跟他讲不清。宋扬撤掉了手机，继续骑行。骑着骑着，他突然想到，刚才毛泽西最后这一句是说现在去下棋呢，还是说想让自己去他公司里做？

同学会

二十八

他把那天晚上蒋亦农说的往事，告诉了她。他说，我
没法写，他也不想让人写，即使写出来了，那也不是
他蒋亦农，算了。

宋扬走进了报社大楼，他来到了19楼李依依的办公室。

　　李依依见宋扬进来，站起来惊呼了一声，啊，宋扬，你瘦了这么多？

　　她说，你得注意自己的身体，不能也病了。

　　李依依这么说着的时候，另一个人从沙发上跳起来，冲着宋扬叫了一声，宋扬，是我，还认得吗？

　　他头发中分，体态中等，戴着眼镜，穿着黑色的夹克衫。宋扬一时没反应过来。李依依介绍，这是我们小学同学，何赳赳，你记得吗？

　　何赳赳说，宋扬你是大班长，我可是群众，你忘记了。

　　宋扬不好意思地笑了笑，何赳赳？

　　何赳赳哈哈笑道，宋扬只记得依依这样的美女，把我忘了，小时候你们叫我"鸠山"的呀。

　　哦。宋扬想起来，是有个"鸠山"。于是他说，你好像会变小魔术的。

　　何赳赳拊掌笑道，哈哈，这就对了，名字记不牢，就记住外号了。

原来，何赳赳现在是下面某市副市长了。他仰脸朗声而笑的样子，确实有了官员的派头。他笑言宋扬李依依是文化人，文化人哪。

宋扬说，你如今可是当官了。

何赳赳笑道，哪里哪里，这么多年也没什么进步，呵呵。

三人坐下，聊了一会儿近况，叙了一会儿旧。宋扬注意到李依依在打发何赳赳先走。何赳赳没什么反应。后来李依依终于说出来了：好了，赳赳，你先回去，你说的事我有数了。

何赳赳没起身，好像他还有什么事。宋扬从他的表情察觉到，可能是因为自己在一旁，他不方便说。于是宋扬站起来，说去下洗手间，回来时，看见李依依正跟何赳赳在推挡，李依依把一个信封塞还何赳赳的拎包里，说，赳赳，这个不行，现在不能这样，再说我们是老同学，不要客气的。

何赳赳见宋扬进来了，就呵呵笑着，把包拎起来，准备走人了。他说，好好好，老同学，你们还是到我那里去玩吧，老同学嘛。

何赳赳走了，李依依问宋扬老婆怎么样了。她以为他路过这里，上楼来看看自己并告知孟梅的治疗情况。没想到，宋扬今天不是来说这个的，他说，那本蒋亦农的书别写了，就别写了。

李依依奇怪地瞪大了眼睛，问，怎么了？宋扬，你是不是因为最近家里的事情压力太重？没关系的，书我们拖一拖，年底写出来也没关系，有时间的，你别急。

宋扬说，不是。

他把那天晚上蒋亦农说的往事，告诉了她。他说，我没法写，他也不想让人写，即使写出来了，那也不是他蒋亦农，算了。

李依依眼睛直愣愣的，呢喃道，啊，是这样啊，宋扬，我感觉难过了，难过难过，我们的蒋亦农是这样啊，我感觉难过了。

她站起来在办公室里走动，眼圈微红，神情纷乱。宋扬在等她的决定。

她想了几分钟，说，不行，宋扬，不能不写，这事我做到这一步，不可以停了，因为大家等着这个人物的推广，等着我们对人物精神的挖掘。报道是我抢来的，经费也是我去争取来的，现在我突然停了，人家怎么想我，还以为我怎么了。

她看着宋扬，摇头，说，宋扬，我们得做下去，那么多榜样人物，我相信人人心里都有自己隐秘的原因，我们取其中一点，蒋亦农想做好事这一点总是真实的，确实存在的，别的进行淡化，这又没有失去真实，这也是真实的，宋扬，我们不能太迂。

宋扬说，我不写了，这样写我不舒服，而且我答应他不写了。

她有些急了，她说，那你怎么舒服怎么写吧，先写了再说。

他说，这样的话，就不可能获奖，你想，真这样挖掘他的内心能获奖吗？当然，我相信真这样挖掘，会更感人，因为真实，因为善良之举有了实打实的小人物内心依据。

她没情绪细听宋扬的逻辑，这世界的规则从不依照他这样的书生逻辑。她现在觉得麻烦了，因为这怎么办呀？她说，你先写，我让人改，好不好？

他说，蒋亦农本人不想让人写，我得尊重他，如果你昨天也跟我去了他的修车摊，我相信你的想法一定与我一样，谁让我们是小学同学？

她的脸上布满了烦恼。她说，如果是这样，幸亏我没跟你去，宋扬，你现在想想我怎么办？人家要看我笑话了，是的，他们会觉得我当初强势抢夺这个题材，想挤进来搞新闻业务，而现在却不了了之了，这让我太没面子了。宋扬，我真的没信心了，我一直没信心的，坐在这里其实我一直没信心……原本我还以为终于逮到了一个好素材，你说现在我怎么办？

宋扬说，别急别急，李依依，报道不都已经做了吗，我说的是书不写了，因为书的容量不一样，那样的大容量，容易拔高，会让人物失真……

李依依说，你讲的这些我都懂，你以为我心里不难过，你以为我光想着自己而不顾及蒋亦农的意愿，但你也得想想我的难处。

他们就争执起来。

李依依说，宋扬，你这个阶段，我真的不想让你心烦，但宋扬，也正是因为你，我才想通过这件事帮你一把的，助你今年能获个奖，明年评职称能有资格去冲一把。宋扬，如果不是你，我早生气了。刚才那个何趄趄，一次次托我向我家阿土打招呼提他一把，但你看我会帮吗？我不作兴这样的。但你不一样，你老实，文气……

谢谢谢谢。宋扬看她烦乱的样子，心里也很惶恐，但他还是告诉她，既然她接受他宋扬这样的老同学，那么在接受他性格中令她喜欢的一面的同时，也得接受其固执、迂的一面啦，因为它们是一体的。

宋扬这话虽然说得比较书面语，但还是让李依依心里软了一下。

但当她一抬头，想着怎么去给这本书收摊时，她又心烦意乱了。她说，宋扬，好啦，你先回去管你老婆吧。

同学会

二十九

可逸此刻的神情变得有些像大人，这个年纪的男生就
像小公鸡，一会儿小孩一会儿大人，青涩，带着些任
性、刺毛。

星期六上午，孟梅在睡觉，宋扬在网上查看中药治疗的有关资料。

　　突然手机响了，宋扬走到阳台上接听。他听见了儿子宋可逸的声音。儿子说，爸爸，我在你家楼下，你下来。

　　儿子来了？宋扬有些意外。平时可逸很少来他这个家。从搬进这新房后，每次邀儿子来玩，儿子总是不太情愿，说自己想吃必胜客，还是去必胜客吧。

　　宋扬了解儿子的性格，他是怕不自在，也由此表达一点他作为小孩子的态度。宋扬为此忧愁和别扭。记得有一次儿子难得来了，宋扬指着小床说，可逸这是你的床。儿子说，嗯。宋扬指着书架说，以后你的书可以放这里。儿子说，嗯。后来宋扬问他，要不今晚你住这儿，明天再回去吧？可逸轻轻嘀咕了一句：可是洗漱间没有我的牙刷呀。这让宋扬惊到了云端里。

　　今天儿子怎么来了？宋扬对着手机说，可逸你上来。

　　儿子说，不，我在楼下等，爸爸你下来。

　　宋扬虽有些别扭，但心想，小孩子，就不跟他较真了，顺顺他吧。

于是宋扬轻声下楼。可逸站在花坛边。这么看过去，儿子瘦瘦的，脸色有些白，显得年纪还小，正支棱着眼睛在张望着自己，神情文静。

宋扬问，吃过早饭了吗？

儿子点头。

宋扬问，你坐公交车来的？

儿子说，坐地铁，然后走来的。

宋扬等着儿子说有什么事，他总不会是来找自己玩。

儿子说，爸爸，我在外国语学校读了一个月的书了。

宋扬想，哦，对了，差点都忘记这事了。原本每月与儿子有一次聚会，但现在因为孟梅病了，上个月后就一直没聚，儿子这是来告知在那边的学习情况吧。

宋扬就告诉儿子，孟梅阿姨生大病了，所以爸爸也没来得及过问你在那边学得怎么样，还好吗？

这么解释后，宋扬又感觉说得太直，好像儿子不重要似的，怎么可以不问呢，再忙也得问，是自己儿子呀。

于是宋扬又赶紧说，爸爸心里记着的，也担心你在那里不适应，毕竟是一个新的环境，可逸，那边比原来学校好吧？

在可逸身后的花坛里，种着桂花树，这个季节树上居然缀着淡黄色的花蕾，虽然没有香味。可逸脸上有了笑容，他说，爸爸，我想转学，转回去。

宋扬没听明白，或者说听明白了，但没反应过来。啊？他说，转回来？

可逸说，是的，我还是喜欢原来的学校，我想回去。

宋扬扬起了眉，满脸惊愕，说，可逸，我们都花了好多钱了。

可逸眼睛里有光亮闪了一下，他告诉爸爸，问过校长了，现在转回去，赞助费可以退还我们的，因为想进来读的人太多太多。

宋扬有些心跳，他瞅着这正在长大的儿子的青涩脸庞，问，可逸，你不是想给爸爸省钱吧？

　　可逸说，我想原来的学校。

　　这时候他的表情就是小孩，天真，执拗。

　　宋扬说，但是我们已经转学了，并且也读了一个月了。

　　可逸说，我想原来班上的同学，我们球队的同学。

　　宋扬看儿子这呆萌样子，都哭笑不得了，他说，我们是去读书的，国际合作班与国外的教育体系接轨，是很好的。

　　可逸一只脚在轻踢花坛，他说，但对我不是太好。

　　为什么？宋扬问。

　　可逸没直接说为什么。他告诉爸爸，上周体育课有位同学掉了一只手机，是三星的Note 3，老师让他帮助去操场上找，结果没找到，但捡回来了三只iPhone 5。

　　宋扬说，啊？

　　可逸说，所以班上的那些人跟我根本不是一回事，他们看我大概像空气，而我跟他们也不是同类项……

　　宋扬心想，他在那里不开心？

　　可逸说，不是同类项是不能合并的，合并了也未必是真正的同学，有老师也在这么议论，现在不是一个阶层的扎在一起成同学，都累。

　　可逸此刻的神情变得有些像大人，这个年纪的男生就像小公鸡，一会儿小孩一会儿大人，青涩，带着些任性、刺毛。可逸说，爸爸，我想回原来的学校去。

　　宋扬听明白了大概，他瞅着儿子心生怜痛。他说，可逸，你也别太敏感了，我们不跟他们比经济条件，我们别在乎人家看得起谁看不起谁。

　　可逸告诉爸爸，但他还是喜欢原来的学校，在那里开心一些，在这里班上不开心，再说还要花那么多钱。

宋扬说，你不要管钱不钱的，也不要管什么学校啦同学阶层啦，我们靠自己，不指望别人，你妈说的同学关系还早着呢，这世界变化大着呢，谁靠谁啊。

儿子嘀咕，那干吗花那么多钱转学，爸爸你现在又没钱。

宋扬说，爸爸虽然钱不多，但为你，爸爸什么都愿意的。哎，这事你妈妈怎么说？

儿子眼睛里有晃动的波光，他说，这事妈妈现在随我了，她说我在学校里不开心这不行，所以转回去也行。

宋扬有些发愣，再次问，你不会是给爸爸省钱吧？

儿子摇晃着脑袋，看着地面轻声嘟哝，能省干吗不省呢。

宋扬说，爸爸会去赚的，你不要操心大人的事。

儿子"嗯"了一声，说，我走了。

三天后在陪孟梅去医院检查的路上，宋扬的手机收到了一条银行短信：到账10万元整。

宋扬想着星期六上午儿子在楼下花坛边的样子，心中呢喃：宝贝。

同学会

三十

宋扬从没做过这样的工作，所以，他茫然地看着已长大成人的小学同学毛泽西，心想，他一励志大师，原来也有软肋呀，也需要有人陪呢。

又是在夜晚，宋扬接到了毛泽西的电话。

这一次毛泽西可没喝高，而是像他演讲时那样沉着嗓音、有点端着，并稍有喘气，仿佛刚长跑回来，说，哎，宋扬吗，有空吗，过来下棋吧。

宋扬想，我现在哪有心情下棋啊。宋扬看了看手表，晚上九点，比上一次时间早些，他问，怎么又突然想到下棋了？

毛泽西说，呵呵，刚好看到棋盘了，上次还没下完呢，一直放着，没人动过，等着你来呀。

老同学虽有些任性，但他时不时惦记这盘棋，让宋扬心里有轻暖的感觉漾上来。宋扬嘴里却抱怨，都几点了？我打车过来都要半个钟头。

呵呵，宋扬你来吧。毛泽西舒着气，好像累坏了。他说，你总不会睡得这么早吧，我每天这时还在谈判呢，今天谈了17场了，快累趴下了，刚送走最后一拨人，你过来吧，我们下一盘，然后带你喝茶去。

宋扬想起那天毛泽西谈判间隙不时溜过来下棋的神叨叨的样子，就猜想他可能是需要解压。

宋扬自己不做生意，但多少听说过这些商务人士的高压力，以及稀奇古怪的排遣方式。

宋扬想，是的，那天毛泽西喝高了，不也嚷着要我过去下棋吗？

宋扬看了眼窗外，小区里许多人家的窗户透着灯光。孟梅早早睡了。宋扬对手机那头叹了一口气，说，毛泽西，你在公司里找个人陪你下不就得了？

毛泽西沉着嗓音，说，来吧，还有一件事要跟你聊聊。

毛泽西这么说，宋扬就往门外走。

他就知道毛泽西可能还有事要谈。宋扬想，难道是真的想叫我去他那儿工作？

宋扬走进了毛泽西公司的环形大门，穿过红白黑三色大厅。与上次来时不一样，此刻是夜晚，大楼里灯火通明，宁静，温馨，咖啡依然飘香，办公区人影绰绰。

前台女孩说，我们这里工作人员几乎是全天在线状态，互联网产业嘛，晚上也很忙的。

透过落地窗，宋扬看见了敞开式办公室里的一排排长桌，一台台电脑，电脑前一个个伏案者在加班。他想，我来这儿能做什么呢？

毛泽西在贵宾室等他，他走进去时，毛泽西靠着沙发在打盹。

宋扬凑近去，发现自己路上过来这么一会儿，这家伙居然睡着了，此刻看上去，他眼角周围是皱纹，皮肤微粗，其实挺老相了，只是平时激情四射，遮住了，显得青春无敌。这小学同桌啊，宋扬心里有些感叹，除了对于年华，还有就是：做什么都不容易的，只要认真都是累的。

宋扬轻轻拍了拍毛泽西的脸，他睁开了眼睛，眼珠转动，好像在辨认身在何处，眼前的这人是谁。瞬间，眼睛里就波光闪烁了，他抬起身，说，哈，宋扬，你来了。然后他跳起来，笑着摇头，说，宋扬，不好意思，让你夜里来跟我下棋。

宋扬笑了笑，心想，你刚才电话里喊我喊得那么任性，现在又不好意思了，多半是谈判谈晕了吧，现在醒了。

宋扬指着窗边的棋盘，说，下吧。

两位老同学相对而坐，对着这一盘黑白子，下了几颗，发现彼此注意力都有些散。毛泽西笑自己还没醒呢。

是的，下的都是昏招。宋扬笑了笑。

唉哟，毛泽西把头靠在了沙发后背上，闭上眼，叹了一口气。哎哟，他伸开演讲时表现力丰富的手臂，大大地伸了一个懒腰，哎哟，太累。他摇头，像只小狗飞快地摇，然后转过脸看了一眼宋扬，说，真的太累，人都要散架了。

宋扬安慰他，这样新锐的公司全线高速运作，换了我们平常人脑子都要爆了，你呢，已经够好了，要注意休息，不要急的。

毛泽西伸手过来，握宋扬搁在茶几上的手，说，我跟你不一样，你什么都静静的，火烧屁股了也是慢慢的，我是急性子。

宋扬看着棋盘，笑道，哪有啊，我现在也蛮急的。

在毛泽西眼里，他说"蛮急"的样子，依然还是恬淡的。于是毛泽西认定，那是骨子里的静淡，真的火烧了，他宋扬也这样吧，不争的，不抢的，即使你让他去争抢，争抢不过，他也就算了。小时候他就是这样，像一堆干草堆，干燥温和，那时候自己跟他同桌，感觉舒服、踏实，小学生说不明白这种感觉，但也知道这个同桌好，舒服。舒服在哪儿也说不清，反正他坐在自己身边的时候，自己每次考试都能考得奇好，以致认定是宋扬坐在自己身旁的缘故。

毛泽西对小学同学宋扬嘿嘿地笑着，高深莫测地说，宋扬，你知道吗，上次你来这儿时给我带了福气。

哦？宋扬有些纳闷。上次？上次我不就在这里坐了一会儿，你谈判，我自己下棋，然后又跟你下了一会，然后就回去了吗？

毛泽西伸展手臂，把双手枕在脑袋后，笑道，呵呵，是的，一点没错，但就你这样坐了一会儿，就已给咱们公司带了福气。

宋扬笑道，有这么好吗？我自己福气都没有。

宋扬心里想，我老婆孟梅都生大病了，哪有什么福气啊。

毛泽西站了起来，挥动着手臂，指向那边的白板，说，你记得吗，那天我一会儿被他们拉过去谈项目，一会儿又被拉过去谈融资，谈得头快爆了。其中有区政府的一个地产项目，他们热情到几乎拉着我们往里冲，我六神无主，一回头，看见你那么静静地自己在跟自己下棋，好有定力的。呵，宋扬，说出来你一定不信，你不会信的，我都不好意思跟你说，真的，我这人做判断讲究感觉。一刹那，我就觉得自己该静下来，我想如果我是你呢，此刻一定是心静的，于是我就对自己说了声"STOP"。是的，咋咋呼呼、一哄而上的项目基本上败定，我平时知道这一点，但那天轮番谈下来，脑子又乱又急，但那天你正好坐在这儿，安安静静的，提醒了我这感觉，我得说"STOP"。宋扬，不管你信不信，这是真的，当然，也可能那天是我谈烦了，想安静一下，所以你让我有了这个感觉，但不管怎么说，那天我婉拒了合作。结果你看吧，上周那个区长出事了，因为涉及贪腐案，我们幸运吧，宋扬，这是真的，你自己不知道，我得谢你。

宋扬脸都红了，他摇手说，啊？是你自己那天谈烦了想早点结束跟我下棋吧？

毛泽西盯着他，眼睛在机灵地闪烁着，说，宋扬，真的，你知道吗，小时候只要你坐在我旁边，我就考得好，尤其是数学，发挥就特顺，我发现了这一点，我没跟你讲过，但这是真的，很神奇吧。我爸说这是迷信，但他也不得不认，因为确实是这样，换了跟别人坐我就会考得差一些。

宋扬又感动又哭笑不得，说，心理暗示，绝对是心理暗示。

毛泽西点头，表情像一个可爱的小孩，说，也可能是心理作用，到初中后我俩不在一个中学了，每次考试我都在想：要是宋扬还坐在旁边就好了。

宋扬站起来，伸手拍他的肩膀，说，这么记着我，好感动。

毛泽西狠狠握他的手，说，球员踢球选衣服不也讲这个心理作用吗？心里一旦有这个念头了，而你又正好坐在旁边，心就定，想象力就会打开……

好搞啊。宋扬向他摆手，笑道，不管你怎么解释，我都很感动。

毛泽西就瞅着他问，怎么样，来我这边吧？

宋扬嘟哝，你这里的活儿我又不会，顶多帮你写写文案，而就你的口才，你的文案我都写不了。

哎哟。毛泽西笑，我不是说了吗，你就来这里坐坐，上班。

宋扬笑着逗他：就这么坐着，再做你的同桌？

想不到这远近闻名的"小马云"毛泽西居然"嗯"了一声，点头说，可以啊，就坐着，谁让你坐在我旁边时，每次我都能考得超好，哈哈。

毛泽西朗声而笑，表情丰富生动。他说，我可是说真的，你就来这儿坐着，有什么事我就跟你聊聊。

宋扬心想，是心理安抚师吗？好像又不是，心理安抚毕竟还是一门专业的技术，而自己只是他的小学同学，让他瞅着亲切，就这点吧？难道只让他瞅着？

宋扬从没做过这样的工作，所以，他茫然地看着已长大成人的小学同学毛泽西，心想，他一励志大师，原来也有软肋呀，也需要有人陪呢。

宋扬说，是让我陪你吧，下棋，解闷？

宋扬说得有些直接，所以毛泽西看宋扬的眼神好像怕他生气了。毛泽西解释，不是这样讲的，你还以为是书童哪，不是的，因为做高强度工作，频频与外界各色人等对接，企业家身边得有特定的人，需要形成一种心理氛围，能放松、亲近的氛围，这样才能在面对外界复杂的大氛围时，心里有可把握的地方。

毛泽西感觉自己没说明白，因为涉及自己的心理需求，不太好剖析。而宋扬已知道了大概。毛泽西累了一天下来的疲态之色，也让他明白。宋扬想笑，自己对于他居然有这样的静心之用，可是他知道我心里也在烦吗？

毛泽西还在做解释的努力。他说，你过来吧，以前是没条件叫你跟我，现在有条件了。我想，跟你这样的小学同学在一起，心里会舒服的，看着也是眼熟的，可信的，我需要。

宋扬点头，告诉他，谢谢老同学，要不让我再想想？

毛泽西笑着敲了一记宋扬的肩头，说，还是来吧。

宋扬笑着给这如今任性的"毛毛虫"一个拥抱，然后指着面前的这盘棋说，下吧，今天我陪你下完它。

在随后的几天里，宋扬忙碌着孟梅下一轮化疗的准备事项，偶尔想到毛泽西的邀请时，他忍俊不禁。

这是什么工作啊？还真的像佛一样被他供着，让他这小学同学看着眼熟、静心？

或者，不为人知地给他这励志高手做思想工作，因为励志高手有时也需要舒解压力？

嘿，做思想工作？宋扬心里在笑，连李依依都对思想工作叹气，这不太靠谱是不是？

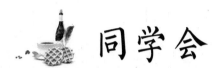

同学会

三十一

她泣不成声：想到哪天我没了，但你还有这个家，我多少还有一点安慰。但如果这样倾家荡产下去，我没了，你连这个屋子也没了，我会觉得我很羞耻。宋扬，我这辈子已经欠你了，你不能让我欠得再多了。

有天下班回来的路上，宋扬在华亭新村门前遇到了出来散步的卓立老师。

好久不见。宋扬赶紧问好。卓老师手里居然拿了一把花，康乃馨，她说刚才有人挑着担子在小区门口卖，蛮便宜的，5块钱一把。

好漂亮的花。宋扬夸道，然后他告诉卓老师，班上同学还在联系之中，李依依他们找到好几个了，而自己前不久在香港遇到了吴艺花。卓老师说，吴艺花呀，记得记得，长跑冠军，她现在怎么样？宋扬说，你一定想不到，她现在特别好。卓老师一扬眉，说，想得到，练体育的女生能吃苦，爽气，一般都会过得好的。

宋扬告诉卓老师，自己最近很忙，所以同学会可能没那么快，需要卓老师再等一等啦。

卓老师笑着摆手，说，没关系，慢慢来。她注意到了宋扬消瘦的脸，说，宋扬，你怎么瘦了这么多？没生病吧。

宋扬说，没，就是太忙。

卓老师劝他吃好点，该补补。她说，到你们这个年纪，也要保养啦。

宋扬走进家门，感觉家里有些异样，定睛一看，桌面、柜台、茶几上摆放着各种插花，玫瑰、百合、雏菊、蔷薇……房间里因此鲜亮了不少，空气里有植物的芬芳。

孟梅坐在沙发上看电视，见他进来，就关了电视机，问，好看吗？

宋扬问，从哪儿搞来这么多花？

孟梅说，买的，房间里是不是有了生气？

宋扬说，蛮好，感觉热闹了，贵吗，这么多花？

孟梅点头，有点贵，她笑道，房间里灰蒙蒙的，这样亮一点嘛，心情好一点。

她将脸靠近茶几上的那把蔷薇，怒放的小花朵像一团团红色丝绒。她问他，好看吗？她苍白的脸颊上有化疗的红斑，被花朵映照着。宋扬说，好看好看，我们家从来没这么多花。

她向宋扬招手，示意他坐到沙发上来。她略带神秘的笑容让宋扬猜想她有什么事。今天她好像真的很高兴。

孟梅说，宋扬，今天我一个人在家，除了买花、插花，还煲了汤，我好久没这么开心了，宋扬，因为我想好了，从今天开始，我想及时行乐了。

宋扬点头，说，好啊好啊，你是该放松点。

孟梅眼睛里闪着光亮，说，宋扬，你知道我有多想出国看看吗？一个人这辈子，哪怕一次，总得出国去一趟，我原本差点有机会去留学了，但现在没戏了。

宋扬同情地看着她，说，嗯。

他轻拍她的手背。她脸上的红斑没影响她的情绪表达，现在她脸上呈现出以前少有的任性之色。她说，但是，宋扬，我还是想去，我得去，我一定得去，我要去国外旅行。

宋扬心里纳闷，因为这不是她的风格。他哄道，出国旅行？好好好，等病养好。

孟梅语气里有些古怪的倔劲，她说，我想马上去，下个星期就去，我已经联系旅行社了。

宋扬吓了一跳，除了病情，钱呢？出国旅行的钱呢？

孟梅把宋扬的手拉过来，放在自己的双手中，说，我想去旅行，你陪我去。

宋扬抽回手，嘟哝，下星期去不了，下星期怎么可以去？

他平时从没像现在这样感觉是在对一个小女生说话。

孟梅把他的手继续拉过来，放在自己的腿上。她说，你说下周不去，那么还有什么时候去？

宋扬垂下眼眉说，现在去不了，你又不是不知道为什么。

孟梅眼睛里闪着兴奋的亮点，这让他有些慌乱。她欠起身，捧住宋扬的脸，亲他的脸颊，说，宋扬，你答应我及时行乐好不好？

宋扬支吾着。孟梅说，别担心钱，我想好了，因为我不治了，不再用那个进口药治了，这样就有钱了。

宋扬几乎要跳起来了，说，这怎么可以？

孟梅紧紧抱住他的脖子，哀求他：已经花了那么多钱了，这化疗怎么没完没了，这钱用下去怎么没完没了，这样倾家荡产，这样发愁下去怎么没完没了？宋扬你说这有什么生活质量？宋扬，我想开心点了，准备想开点了，就像今天家里放了这么多鲜花。你就让我开心点好不好，让我们不要发愁了好不好，STOP，对最让我们发愁的事喊声"STOP"好不好？算了吧，停药，咱不烧钱了，顶多用点中药吧。宋扬，让我最后开心一次好不好，我不治了。我们撒手吧，好好去玩，趁我上一次化疗的药性还在，还可以走动，赶紧出去一次。我想好了，宋扬，这是最好的办法了，我们别再把那点钱全糟蹋了好不好，走的人总归要走的，而你还要过日子的。钱不能烧没了，我们该收兵了，我们开心地过剩下来的这几个月吧。我算过了，去一趟菲律宾的长滩岛只要几千块钱，那也是出国啊，我还没见过蓝天碧海呢，你陪我去看看，我会心满意足的，去吧，宋扬……

宋扬说不出话，感觉心烦意乱。他知道她想以这样的方式，停止使用昂贵的进口药，她为此已想定了，因为她比他现在更心疼钱，更担忧他后面怎么过日子。

她泣不成声：想到哪天我没了，但你还有这个家，我多少还有一点安慰。但如果这样倾家荡产下去，我没了，你连这个屋子也没了，我会觉得我很羞耻。宋扬，我这辈子已经欠你了，你不能让我欠得再多了。

他轻拍她的背，呢喃，别傻，不就用了点钱吗，咱做不到放弃治疗。

她把他迷糊的脸转到自己面前。她看着他的眼睛，说，宋扬，你知道吗，我心里痛，比病痛还痛。我想，你一定是倒了八辈子的霉，我太不好意思了，你跟我结婚才一年，就让你受这场罪，并且快用光了你多年积蓄的钱，你说我给你添了多大的麻烦？

泪水在她脸上流淌。她呜咽：我不能再让你去向你爸妈借钱了，如果是这样，我想我是灾星。宋扬，你还有一个儿子要供上学，我怎么可以用尽你家的钱呢？宋扬，求求你听我一句，听我吧，你还是我的同学呢，听我……

孟梅泣不成声。宋扬环顾屋子，感觉自己白天上班的时候，她就在这屋子里想啊想，忧愁像空气填满了这个家。宋扬说，日子总是走一步算一步，以后会有以后的办法的，你别多想了，如果立马停药，结果就在面前。

结果？结果其实怎么样都已在面前了。孟梅呢喃，但过程怎么走，这接下来的几个月心情就会不一样。进口药哪怕现在不停，再用半年也会失效，因为身体将产生抗体，而花出去的钱和我们的忧愁则收不回来了。宋扬，趁我还在，我们开心一点，答应我吧，好不好？我向你保证，自此后，我天天都在笑，每天都会笑。

同学会

三十二

她从柠檬色躺椅上欠过身来，捧住他的头，他眯起了眼睛。她说，宋扬，你说你是不是倒霉蛋，总不去参加同学会，但偏偏那一次去了，而我也总是避着同学会，但偏偏那次也去了。我们都偏偏去了，还对上了眼，结果现在呢？你说你是不是挺倒霉的？

宋扬与孟梅收拾好出门的行李，跟旅行社去了菲律宾的长滩岛。

　　舟车劳顿中，宋扬每分钟都在担心孟梅的身体状况，但戴着线帽、墨镜的孟梅一路在笑，那么阳光、爽朗，与热带的明媚天色相映。在整个旅程中，同团的游客们没看出一丁点病状。当孟梅终于来到蓝天碧海的白色沙滩，在海风吹拂下，她收敛了多年的小布尔乔亚性格终于再次迸发。她与宋扬入住直面沙滩的"红椰子"酒店，她与他整日在海边流连。辽阔的海面上，帆影点点，日出日落，天地苍茫，人生一瞬，恢宏光影中，听海涛涌动的声音令心境静远，阳光从椰子树长长的叶间泻下来，令人恍若梦中。她说，宋扬，读书的时候你为什么不追我？

　　宋扬笑她傻头傻脑，现在不是跟你在一起了吗？

　　她说，那你那时候为什么不追我？他说，你不是有人追吗？她说，有人追，你就不追了？他说，那你干吗不表示喜欢我？

　　她从柠檬色躺椅上欠过身来，捧住他的头，他眯起了眼睛。她说，宋扬，你说你是不是倒霉蛋，总不去参加同学会，但偏偏那一次去了，而我也总是避着同学会，但偏偏那次也去了。我们都偏偏去了，还对上了眼，结果现在呢？你说你是不是挺倒霉的？

他睁开眼睛，抬起头，亲了她一下，说，这是有缘，倒霉也是有缘。

她笑了，说，那么缘为什么不早点来呢？如果早十年，我们都去参加同学会，那么我们就可以多相处十年了。

他说，你这话好像说过了，说过好几次了，你总吃后悔药。

她"嗯"了一声，表情呆萌，好像反应不过来他是啥意思。

他说，好歹我们还是在一起了。

她搂住他，亲他的嘴唇。他说，有人看见了。她说，这里就是玩浪漫的，谁看？

耀眼的阳光下，她的脸颊又黑又红。他贴贴她的额头，生怕她发热。

她确实浑身发烫，但不是发烧，而是激情。这么小个的人，因为大病已经很瘦了，但对他涌动着这样的激情，让他感动。他拥紧她，想让她平静。他想，这是病唯一的收获吗？他亲她，说，你那时候怎么不喜欢我，就喜欢高富帅？

她咯咯笑，说，那时候哪有叫"高富帅"的？那时候你看着多笨啊，内向，话都不说，怎么能怪我没注意到你？

他们做着相互嫉妒的表情。椰影晃动，阳光夺目，如果这一生短成一瞬，最好是这瞬间。

同学会

三十三

医院里的医生说，从没见过这样一个病人，一直在那
么开心地笑，笑得满病区的人都听见了她的笑声。

从马尼拉飞回来的路上，她就开始发烧。

飞机落地，她直接被送进了医院。

接下来的日子，一切按她的意愿进行，用的是便宜得多的中药治疗。肝上肿瘤又开始大了起来，肝部也疼痛起来，并出现腹水……她在飞快地瘦着，很快就像一张纸一样虚弱了。你不留意她的时候，她在咬着嘴唇，忍住疼痛，而当她的视线与你相遇，她总是在笑。

医院里的医生说，从没见过这样一个病人，一直在那么开心地笑，笑得满病区的人都听见了她的笑声。

他们对宋扬说，那么小的个子，真勇敢。

宋扬告诉他们，她对我说过，每天会笑的，她说到做到。

有一天，大学同学方海波来医院探望孟梅了。

宋扬有些别扭，但转念想，他如今已是创业有成的成功人士了，还能做到这个礼数，也是不枉曾经校园里的风花雪月。

宋扬把他带到孟梅的病床边，这个昔日的男友，看着她如今瘦缩成这样，面容悲戚。他对他的两位老同学夫妻说，这样吧，医药费我支持一下。宋扬看见孟梅在摇头。后来方海波走了，宋扬问她为什么。她在微笑，没说话，眼睛里对宋扬的神情是那么怜爱。他就知道了，她不愿意让他感觉欠那个人，怕他感觉不好。其实这时候的宋扬哪在意什么感觉呢。

让宋扬泪崩的是她在弥留之际，对着他耳边说，我还有10万块钱，存了好些年，在另一本存折上，留给你。

他知道，她此刻才告诉他是怕他之前拿去买进口药。他放声痛哭，相信她在走的路上，也听见了。他想，听见就听见，就当作我感谢吧。

同学会

三十四

男孩告诉爸爸，这个双休日本来两人就要聚的，他叫上同学一起来了，这样热闹一些。他说，我跟妈妈讲了，现在爸爸是最可怜了，我这里还有妈妈，还有尼尼狗，而爸爸现在只有一个人在家了……

孟梅走后的一段时间里，宋扬走在低谷里，每天像个影子，来回在上下班的路上。只要回到家，每一个角落都有她的声音。他身体里有一种从未有过的疼痛感。真的，他后来对别人说，是一种说不出来的痛，很难过很难过，好像是一点点从里面向外渗出来，软软的，浑身没有力气。

　　有一天站在阳台上，看着她以前栽种的绿萝在风中摇摆，他走近去，捧住花盆，突然就想跳下去。是的，跳下去。啊？怎么会这样起念，他也吓了一跳，但起念了，这念头就好像很强烈。

　　我是忧郁了吧？他去看病，问医生。

　　医生检查了以后，没说是不是，给他配了药，安慰他：要想开，你要尽快出来，人这一生，就当作相遇吧，有相遇总比没有好。遇到的人有先下车的一刻，她要下车了，没法陪你走下去了，她走不动了。人这一生就是这样，下车总有先后，想开点，先下车的人总希望你照管好自己……

　　宋扬从医院回来。生活在沉郁中延续。挺住吧。宋扬想着还有爸妈和儿子，自己不能病了让他们犯愁。他对自己说"挺住"。

　　宋扬爸妈说，你过来住吧，在我们这儿住一段时间。

算了算了。他说，还有三七、四七、五七，"她"可能会回来看一眼，我信这个的。

有一个星期六上午，儿子可逸突然打电话过来，说，爸爸，我和好几个同学在必胜客，我请客，你过来吧。

宋扬说，好好，我过来。

儿子平时性格内向，不是那种善于张罗、喜欢热络的小孩，这一点与宋扬很像。宋扬说过几次"如果同学请你，你也得回请，要跟他们玩玩"，也不知道他做了没有。所以，今天宋扬听说儿子在请同学吃饭，并让自己去，就知道是让自己去买单，儿子哪有钱请好几个同学在必胜客吃饭哪。

宋扬骑着车往中山路的必胜客去。他想，可逸是该多跟同学往来，让性格OPEN一点，我吃了这方面的亏，到可逸他们这代人，亲和力、情商只会比现在更要紧。

透过必胜客明净的落地窗，宋扬看见儿子在向自己招手。

宋扬走进店，穿过弯曲的长廊，走向这些中学生入座的环形沙发区。他感觉满眼的炫亮色，因为他们穿着橙色、蓝色的运动服，戴着各色棒球帽，打打闹闹，像一群欢腾的小鹿。

可逸向同学介绍宋扬，这是我老爸。

宋扬对这些男生说，呵，开同学会啊。

他们说，叔叔好。

宋扬入座，可逸的同学一共有七八个。宋扬看着桌上他们已经点的餐品，披萨、可乐、鸡翅，小孩喜欢的就是这些。

可逸问老爸吃什么，宋扬说，肉酱意面吧。一个坐在外侧的同学就机灵地跑去对服务员说，加一份意面。可逸在这边喊了一声，老高，再给我爸要一杯柠檬水。

因为大人宋扬的在场，这些半大中学生们开始时有些拘谨，后来宋扬跟他们聊起了最近的中国航母话题，他们就恢复了先前的热闹劲儿，一张张小脸表达着对军力的关注和分歧态度。像多数"90后"一样，对于自己感兴趣的话题，他们能介入成人语境，而与大人说谈时，大多人专注、有礼。

儿子可逸坐在他们中间，还是显得比较文气，但宋扬已经很满意了，他看着儿子给同学递水杯、吃食，明亮的小脸在快乐着。宋扬想，可逸比以前老练多了，看样子转回来读原来的学校也是对的，他现在是开心的，跟同学处得不错。

可逸请大家多吃点，别客气啦。他端起一只餐盘，里面还剩两块披萨，问同学：谁要？老李，要吗？

老李？宋扬笑道，还有"老李"？

那个被叫"老李"的，是一个瘦高男生。他笑指身边一个长得像潘玮柏的男孩，说，他叫"老高"。

他们推搡着，笑着告诉宋扬：我们都叫对方"老某"，为以后这么叫做准备吧。

"潘玮柏"说，否则以后听不顺耳的。

瘦男生说，还是叫"高总"好。

今天儿子怎么想到请同学了？宋扬对此心里蛮好奇。

宋扬听到有小孩在聊上周学校的足球比赛，就问可逸，你们赢了？而心里想，赢了比赛在庆祝吧？

一桌小孩就笑，不好意思地摇头，又点头，告诉宋扬，没赢，三班有少体校来的，跑得太快了，我们追都追不上，感觉就他一个人在踢，但如果除了三班，那我们也算是赢了。

看得出来，他们其实觉得挺冤，挺不服气的。宋扬就随口哄了他们几句，算赢算赢。

不知你有多久没跟这么多半大的小孩们坐在一起了？反正这一刻宋扬觉得挺有趣的，这些看似没心没肺的小孩，对于身边事的关注，跟你全然不同，很单纯可爱，小小的心思在飞快地闪烁着，就像这透进玻璃窗的阳光，落在餐厅里，透明，空灵，让周围变得明亮了。这就是年轻的气息吧，沾到哪里，哪里就轻快一些。宋扬想起自己跟他们一样大的时候，可没必胜客这样的餐厅，那时候同学们去得比较多的地方是少年宫广场，滑旱冰，玩飞盘。

宋扬坐了一会儿想先走了，他知道，小孩子搞同学聚会，家长一直在场多少会让他们不自在，于是想先帮儿子买了单，先走，让他们再好好玩一会。

坐在身旁的可逸在问他，爸，你就吃意面？还要什么？

宋扬轻声说，我够了，你和同学还要些什么？爸爸先帮你把单买好，爸爸要先走了。

可逸小小的脸上掠过了一道让宋扬惊讶的表情，是那种果断、着急的表情。可逸对着爸爸的耳朵，轻声说，不要，爸爸，今天我请客，我请你。

可逸脸上的郑重其事，让宋扬在纳闷的同时，起身拿起桌上的账单，往收银台走过去。他感觉儿子跟在自己身后，果然儿子在走过长廊拐角的绿色植物之后，伸手来争他手里的账单。儿子说，爸爸，今天我请客的。

宋扬被儿子往餐厅侧门口拉，儿子的脸色有些红了。宋扬说，可逸，怎么了，为什么？

可逸把爸爸拉到侧门前方的白色廊柱旁，对爸爸说，长假时我在博物馆帮忙拓碑文，我做了4天，他们给了工资，有800块钱呢，所以我请客。

宋扬笑了，拍拍儿子的肩膀说，挺好，留着，这次爸爸请，以后你请。

儿子瞥了他一眼，说，爸爸现在又没什么钱，这次我请你吧。

宋扬感觉这张熟悉的小脸上仿佛有那天在楼下要求转学时的表情。这就是长大了的表情吗？宋扬突然难过了，他说，爸爸请这个客还有点钱的。

宋扬伸手想去拿刚才被儿子攫走的账单，儿子没给，说，爸爸，今天我本来就想请你的。

餐厅里人来人往，空中装饰着无数艳丽的气球，从廊柱这边看过去，可逸的同学在那头说笑着。必胜客欢乐餐厅荡漾着轻松的旋律。而面前这儿子说话的样子，让宋扬害怕自己会突然哭出来，因为这男孩现在的表情在趋向淡淡的，冷静，还有一点酷。男孩告诉爸爸，这个双休日本来两人就要聚的，他叫上同学一起来了，这样热闹一些。他说，我跟妈妈讲了，现在爸爸是最可怜了，我这里还有妈妈，还有尼尼狗，而爸爸现在只有一个人在家了……

所以，他认为，就让他请一次爸爸，这样爸爸也会高兴的。

宋扬的脸颊在微微地颤抖，他说，高兴，高兴，可逸居然会请爸爸吃饭了，长大了。

宋扬伸开手臂，儿子拥抱了一下他，嘀咕了一声，老爸要勇敢哦。

他看着儿子去收银台买单。他看见儿子从裤袋里掏钱。他推开玻璃门往外走，害怕眼睛里有泪水流出来。

同学会

三十五

这些热闹的言语充满了宋扬的手机屏幕，也渐渐漫进了他心里，甚至渗透进了他身后这间屋子的空寂里。这涉世之初的单纯，飘摇世界里来自起点的安稳，关于时光的共同暖意……这一刻让人心里也像小孩一样热闹起来。

李依依来宋扬办公室看他，给他带了一块围巾。

居然是大红色的。

宋扬说，这给我？这么红，我能戴吗？

李依依说，可以戴，明年是我们这个班多数人的本命年，你明年用好了。

宋扬说，明年就48岁了，好快。

李依依笑道，你们男的还好，我们女人呢，恐怖哪，宋扬，小时候感觉40岁的人好老，现在我们自己都要到50了。

李依依注意到了宋扬放在桌上的药瓶，她拿过来看。她摘下了眼镜，将眼睛凑近去，说，眼睛今年有点老花了。她看了一会儿药瓶，把它放回桌上。

她说，宋扬，你还好吗，要胖一点起来，你太瘦了。

宋扬告诉她，慢慢适应吧，比较难过的是晚上，有时一个人坐在屋子里，想着几个星期前她还在这里，而现在再也回不来了……

李依依瞅着他，他这么个内向的人在对她描述自己的情绪，这让她生疏和怜悯。

她说，你得出来，你得有事做，尤其晚上，让自己忙着做点事儿。

她这么说，两人几乎同时想到了那本写蒋亦农的书。这让宋扬有些紧张，他想，她别劝我写那本书啊。

李依依果然说起了那本书。她说，《美丽修车人》这本书，现在我是湿手沾了干面粉，我也不知道该怎么办了，想到这事我头都大了。

宋扬小心翼翼地看着她，生怕她像上次那样情绪上来，这个年纪的女人，动辄就心烦意乱。

她说，但就你现在的状况，我李依依哪敢勉强你，我顺你都来不及，谁让你摊上这样的不幸，谁让我们还是老同学，宋扬你不想写，那就算了，这事你也别管了，我去摆平。

宋扬舒了口气，说，不好意思，不好意思。

李依依眼珠在转动。她指着宋扬的书桌、书架、堆在墙边的图书，手指划了一圈，说，但是，你总得把你的论文写出来，宋扬，这一件事得办，我觉得这件事你今年该办好，否则明年评职称你就没机会了，论文是硬杠子。

宋扬"嗯"了一声，说，我试试。

李依依说，别试试了，你总得完成一桩事情吧，我相信孟梅也希望你评上副高，你都这个年纪了。

宋扬点头，说，好吧，这两天就写。

李依依说，你赶紧写，写好了我帮你向杂志社推荐推荐，争取赶在今年之内发表出来。

李依依现在的表情，就像一个班主任，站在教室前布置作业，为了接下来的中考。一个小号的卓立老师。

宋扬知道她的好心，也知道她的用意。他点着头，顺手把桌面上的小药瓶拿过来，放到了抽屉下面。

现在每个晚上，宋扬就坐在电脑前写论文，论文主题是关于互联网时代传统出版业受到的冲击和机遇。

论文写作与平时写小说不一样，需要实打实的数据和素材，以及明确的观点提炼。在寂静中，宋扬一点点地琢磨自己的逻辑，斟酌着字句，一个字一个字往电脑上码，他发现写得准确比写得好看更难。

写着写着，一回头，寂静的屋子在日光灯下似乎发着隐约的回音，他对着这片空静说，写论文呢。

几天后，李依依打电话过来问论文写得怎么样。

宋扬笑道，你检查作业啊？1500字了。我就知道你会来检查作业的。

李依依就呵呵笑，说，这下晚上就忙了吧，是不是？哎，宋扬，我在微信给咱们班建了个群，我把你拉进来吧，群里现在有二十几个同学，相信会越找越多的，宋扬，你去看看吧。

宋扬一看，这群叫"四班同学"，嘿，有点意思。

李依依说，如果你不想说话，那你就不说好了，但最好说话。

宋扬说，我会说话的。

李依依笑道，那你就准备好吧，今天晚上你的手机会疯了，老同学们会一条接一条地发信息过来。

果然，那是一个热闹的夜晚，宋扬感觉像是地下党接头：你是谁啊，"花间道"是谁啊，"江南晚风"是谁啊，猜，唐月梅、陈杏樱、李歌？错，"猫笑你"是谁啊……

这些三十多年没打照面了的老同学，此时不知待在这世上的哪个角落里、哪间屋子里、哪片夜色里，但都扎堆到了这"四班同学"上——试探、问候、惊呼、回忆，起先带着小心翼翼，然后渐渐趋向奔放、搞笑，牵拉着初涉人世时共同的天真。说吧，早已知道该说什么不该问什么了，长大后的这些年、吃过苦的这些年，就不说了，甭提了，而从那扇小校门出去之前，我们都是相关的。那时候我们好像就不想长大，但还是长大了，而现在又碰上了小学同学，说着说着，心里也不知为什么有些兴奋起来，这是不由自主的……

这些热闹的言语充满了宋扬的手机屏幕，也渐渐漫进了他心里，甚至渗透进了他身后这间屋子的空寂里。这涉世之初的单纯，飘摇世界里来自起点的安稳，关于时光的共同暖意……这一刻让人心里也像小孩一样热闹起来。

宋扬想，这不也是同学会吗？虚拟同学会。

他平生第一次由衷感谢高科技，感谢互联网。他想，嘿，在我们见面之前，就先开了空中的同学会。

所以，现在每个夜晚，宋扬写论文的同时，也在群里开"同学会"。

每当他写不下去时，或写累了，他会离开电脑，看一会手机，看一会儿群——"四班同学"。

他估计自己的近况有老同学知道了，并且也传开了，因为他直觉到了他们对他的温柔语气。那种温柔的关心，从手机里扑面而来，比如他们告诉他这个季节可以喝点柚子皮泡的茶，这个星期没有雾霾可以去跑跑步散散心啦……

宋扬有一天跑去了卓立老师家，他给卓老师的手机也下了微信，把她拉进了"四班同学"。他说，卓老师，同学还没找齐，您还得再等等，您先进我们的群吧，我们在群里先把同学会给开起来了。

卓老师像刘姥姥进大观园，进了群，玩了几天以后，她也就熟悉了，现在她每天来群里关注各位，就像她以前每天来班里上课，谁发言好，她就给个"微笑"的表情。

宋扬见她参与感挺强，就建议：这群的名字叫"四班同学"不是太准确，要不改叫"四班师生"吧？

卓老师反对。她说，我只是来看看的，我太知道你们这些当学生的怕老师了，如果我总在场，学生是不自在的，所以，我只是看看，你们玩。

有一天，卓老师终于从群里同学的只言片语中，察觉到了宋扬有些状况。她就去向李依依打听，然后打电话给宋扬，说，宋扬，你怎么不说呢，你怎么还是像小时候一样，闷声不响的，你老婆得大病，你老婆走了，你得告诉老师呀，老师跟你住得这么近……

宋扬说，现在已经好多了，真的，好多了。

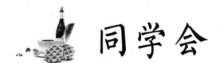

同学会

三十六

是的，生活这一路的相互比照，是偶然，但也可能是
人这一生注定的，就是为了告诉人的心性，从起点到
后来的路途，从纯直到弯曲，从恬静到心酸、犹豫和
委屈，以及终极……

有天宋扬下班后去爸妈家吃饭。

到爸妈家的小区后，宋扬先去小区小卖部买了一盒牛奶，走过中央花坛时，突然感觉眼前情景有些眼熟。一定神，是的，毛泽西老爸毛东月坐在花坛沿上，他身后的茶花树一片浓绿，柚子树已经挂上了一只只小小的青果。他的眼睛对着小区门口，像在出神休息，也像在喘气。

宋扬心里迅速升起惶恐，又怎么了？这老人家又被自己老爸"呛"出了家门？

宋扬注意到毛东月脸上的木然，头发苍苍，穿着考究的西装，红色领带。宋扬的心烦意乱在弥漫，他想，怎么啦，这样子又要叫出租车把他送回去了。由此，宋扬对老爸有些烦，唉，不就是同学会嘛，又不是他一个人，去就去呗。

宋扬知道上次同学会老爸最后还是没去，但那次同学会后，本地的十几位老先生对聚会产生了兴趣，现在隔三岔五小范围聚聚，宋之江从来不去，因为毛东月每次都去。他这样的做派让毛东月很难堪，甚至有几位老同学想拉他俩进行调解，以作一个了结，"哎哟，难道你们想把不舒服带到另一个世界去啊？"他们说。

宋之江回答，如果可以这样一了了之，那么，我还是不舒服，中国人的问题就是太容易原谅，我不能原谅。

结果让几位老同学也感到没面子了。于是留下毛东月的面子在冷风中吹。

现在宋扬叫了一声，毛老师。

毛东月看着他，好像一下子没认出来。宋扬想我这大半年是瘦了太多，于是说，我是宋扬呀，毛俊的同学。

老人笑了，说，是你。

宋扬想，得赶紧劝他回家。于是找话说，毛老师，我找到毛俊了，现在他真的是大忙人，做得很大。

老人向他点头，说，宋扬，你说你爸是不是一根筋？

宋扬心想，你可别对我抱怨我爸了。

因为他知道老人一抱怨起来就会没完没了。宋扬说，你别劝他了，他不跟你们混，你就随他去呗。一边扶起老人，搭着他的肩，往小区门口走，准备帮他去拦车。

老人走到了喷水池边，停住脚，不走了。他看着宋扬，那眼神像老小孩一样，他说，本来不叫他也没关系……

宋扬赶紧说，那就别叫他，你们自己玩。

老人脸上似乎有了些腼腆的神色，说，但是，不叫他我又觉得不舒服。

宋扬说，你叫他他不去，你不就更不舒服？算啦，毛老师算了。宋扬心想，城市这么大，不来往，就不会想起来，这样一次次来，搞得情绪这么强烈，我们也怕的。

老人没肯顺着宋扬的手势和步履往前走。他说，来过了，叫过了他不去，我倒还舒服一些，因为我做姿态了。

宋扬看着他苍白的头发和儒雅的脸容，对他点头。他懂他这个心理。

老人见宋扬点头，说，我也82岁了，低头做姿态也不容易的，而且我也做了这么多年领导，我不低头的，如果他不是老同学，我才不管，随他去，随他心里难过去。

宋扬有些发怔。他看见了毛老师眼睛里的忧愁。老人在说，我知道，我来一趟，他说我一顿，其实他心里是高兴的。如果我不是他同学，我真的不管他了，那些年的事谁说得清。他说冤，我也冤啊，组织我总相信的，我怎么想得到可以不相信领导和组织呢，在那样一个环境。你爸要人道歉，但也没人向我道歉啊，说我信错了，说谁让你信了……

宋扬劝老人该回去了，天也不早了，回到家，可能天都要黑了，这样吧，我等会儿上楼对我爸说，要他也算了。你说的也没错，你让他怪几句其实他是舒服的，我会告诉他：要是以后毛老师不来了，你连怪的人都没了，这年头人家才不管呢，人家做了事可不管呢，毛老师还没这样……

宋扬终于把毛老师送上了车。这个时间点，在小区门口拦车拦了很久，这期间老爸还打了个电话过来，问宋扬在哪儿，快到了吗？

宋扬捂着手机说，打不到车，我今天打车回来。

宋扬送走毛老师，往自己家走。他想，是的，今天得跟老爸讲一讲了，对人家点个头，让人松口气也就算了，都这么个年纪了。至于同学会，又不只是他毛东月一个人，去参加参加也是好的，起码比一个人闷在家里好。即使毛东月本人，这么些年下来，时间不也已给了他纠结吗？

是的，生活这一路的相互比照，是偶然，但也可能是人这一生注定的，就是为了告诉人的心性，从起点到后来的路途，从纯直到弯曲，从恬静到心酸、犹豫和委屈，以及终极……

同学会

三十七

两个人静静地对着棋盘，下了一会儿。宋扬感觉他在走神，心里就有些怜悯，知道这走神状态对于这位小学同学来说，没准就算是休息了，从一堆难缠事务中出来，走一会儿神，让心松一些。

80届四班45名小朋友中已经联系上了31位。

宋扬、李依依等人商议，利用国庆长假举办该班首场同学会。

宋扬给毛泽西打电话，想告诉他同学会的时间，请他公司给些支持。另外，宋扬还想跟他提一下他爸毛东月的事，让他劝劝老人，别总是这样一个人在外面跑，这么大年纪了，让人不放心。

毛泽西的电话确实不好打，打过去总是占线。他也不回。对此宋扬理解，成功人士都是这样的，随时都在忙碌。

终于到晚上七点半，电话打通了，宋扬听到了那头低沉的声音：嗯，哪位？

宋扬说，是我。

说。

宋扬知道他没反应过来自己是谁，说，我宋扬，你同学。

哦。那头的困倦之声提高了一点调子，然后，突然亮了，说，宋扬呀，好些天没联系了，你现在过来吧。

宋扬说，我是想过来，你现在有空吗，在办公室吗？

哦，毛泽西笑道，我刚谈完事，现在空着，你过来过来，我们下棋。

宋扬赶到毛泽西公司，像上次一样，穿过夜间静谧、忙碌的办公区，来到了贵宾室。毛泽西在那里等他。

这一次毛泽西没在打盹，而是端着一大杯西洋参汤在喝，旁边站着他的助理。毛泽西的脸色明显疲惫，见同学宋扬进来，他点头，哦，他指了指身边的沙发，示意宋扬坐，自己则"咕咚咕咚"喝下一大口汤水，摇头说，太累太累，口腔里全上火了。

他告诉宋扬，自己的公司快上市了，而对手企业最近在找茬，今天自己开始反击了，媒体记者一拨拨涌来，轮番问了一整天。

他眼睛深陷，捧着杯子，对宋扬摇头。

宋扬见他这样子，安慰说，放宽心，放宽心。一边去拿搁在玻璃柜上的棋盘和棋子。那位助理在一旁给宋扬倒茶，对宋扬轻声嘀咕，宋老师，毛总今天特别累，别让他过于兴奋，否则晚上失眠。

宋扬"嗯"了一声，毛泽西好像听见了，睁圆眼睛说，唔，下棋就是休息，来来来，宋扬。

两个人静静地对着棋盘，下了一会儿。宋扬感觉他在走神，心里就有些怜悯，知道这走神状态对于这位小学同学来说，没准就算是休息了，从一堆难缠事务中出来，走一会儿神，让心松一些。

于是宋扬就静静地等他落子，同时也放缓了自己的落子速度。

毛泽西突然说，哎，刚才有句话没说好。

宋扬就知道是他刚才接受记者采访时有话说得不严密了。宋扬说，说了也就说了。

毛泽西回过神来，瞅着宋扬说，宋扬，你心态总是这么好，静静的，我羡慕你。

宋扬盯着棋盘在摇头，他像是要把毛泽西落在自己脑袋上的视线摇下去。他说，我也急的，只是我知道像我这样的人，有些事急也没什么用。

毛泽西说，我也想这么想，让自己放下，但我现在连这么想都不可以了，因为那些事涉及成千上万的资金，关系到上千员工及他们背后每个家庭的生存。性命攸关，所以必须急，不急的话，就像今天遇到的事，生机眨眼就会消失。

嗯。宋扬看着棋盘上的子，一边想着把这颗白子放在哪儿，一边想着说些什么来宽宽他的心。哎，我这哪能成心灵安抚师啊？

毛泽西说，宋扬，所以说我羡慕你，还可以不急，不焦虑。

宋扬心里有苦笑。他说，对对对，羡慕我。然后他仰起头，看着对面的毛泽西，说，你知道吗，上次我来这儿下棋的时候，心里有多急，我老婆正在接受化疗，医疗费告急，儿子把读书费还给我让我顶上，老同学好心拉来的稿酬我发现不能昧心去拿……当时你看不出来我心里的事，我们还在这里下棋，但我是急的，这些焦虑虽够不上你的层次，但对小人物也是致命的。毛泽西，这一年我也变了很多，原先我不急，你可以说是天性，也可以说是逃避，但有些事，因为情感、亲人和责任，没有谁可以不去应对。我自己的感受是，身在急中，觉得这一天怎么过去呀，很难，很难，但一个个熬过去后，又觉得这一定是命中给你的，让你经受、明白什么是人这一辈子。我感觉到这一点了。小人物和做大事的人，大概没什么不一样，人人都在忍受，这是注定的，虽然难受，但放宽心吧，已经尽力了……毛俊，我也不知道在说什么，也可能想说，老同学无论是谁，隔了那么多年，都在扛着，在每个小角落里扛着，那只能自己对自己好一些，松一些了。

毛泽西有些发怔，他从没听宋扬说这么多话。他突然反应过来，问宋扬，老婆现在怎么样了，好一些了吗？

宋扬告诉他，三周前走了。

毛泽西摇头，飞快地摇头，然后他站起来拥抱了宋扬的肩膀，告诉他，都很勇敢的，从四班出来的人。

他说，我明白了，宋扬谢谢你，更谢谢上一次晚上你过来陪我下棋。他还说，难怪，小时候你坐在我边上我就考得好，现在你坐在我边上，我还能考得好，宋扬，你信我这么说。

宋扬眨了眨眼，笑道，那么好了吧，今晚你就别急了，棋都已经下了。

同学会

三十八

宋扬这一晚，遇到了两个小学同学，在这三四个小时中，穿梭于不同的情绪。现在这夜色中的世界，在他眼里仿佛破碎，每一块碎片下，有一个小小的人儿在扛着，过着吧。

宋扬从毛泽西公司出来，是晚上九点。他骑车穿过城市，从城北奔向城南。

　　这是一个奇怪的夜晚，夜空灰红，迎面的风温暖，街灯在路面洒下清辉。宋扬回想刚才对毛泽西讲的话，已记不清语序了，好像比较散乱，但别人多半会以他自己的需要而选择性倾听，心领神会到了些什么那其实是他自己的意念，毛泽西觉得有用就有用吧。

　　但刚才这么讲了一通，此刻宋扬心里居然有了一些轻快。这就是给人励志的感觉吗？像毛泽西这样激情四射的励志高手，其实也需要励志，这说出去可能让人傻半天，甚至连宋扬自己都不太敢相信。

　　由此正在掠过一条条街巷的宋扬，又想到了那个问题：我去他公司做吗？静静地坐着，让他像小时候考试一样感觉定心，嗯？这好像压力蛮大的。有那么神吗？

　　宋扬想笑，万一哪天他觉得看着也不管用了呢？

　　骑过水灵街的时候，宋扬突然想到，今天是周末，蒋亦农此刻应该还在他的爱心车摊。他决定骑到灵风桥下去看看他。

远远地，宋扬看到了车摊，此刻接近收摊时间，路边人影稀疏，车摊前只有一个人在等待修车。

等宋扬骑到跟前，那小伙子的车已修好，骑上车走了。

现在蒋亦农看见了宋扬站在面前。几周前，蒋亦农李依依等几位老同学参加了孟梅的追悼会，所以蒋亦农知道面前的这位小学同学还在丧妻之痛中，他把手浸在水桶里洗着，一边问，宋扬，你还好吗？

宋扬说，嗯。

蒋亦农质朴的脸在灯下笑着。宋扬告诉他，那本书不写了。

蒋亦农把小板凳递过来，让宋扬坐，嘴里说，好的，不写好，不写好。

宋扬没坐小板凳，而是像蒋亦农一样，坐到了马路牙子上，街灯照耀在他们的头顶，他们面前是渐渐空旷起来的街道。宋扬劝老同学，如果有时觉得累了，就别来了，哪怕是先进了，也不要有压力。

嗯。蒋亦农点头，知道他话里的意思。

宋扬知道他明白，否则也不会不让自己写书了。是啊，选择应该是自由的，那些荣耀就像别人给你的形容词，今天给你，明天可以不给你，所以取代不了自己心里的信心和苦闷。

蒋亦农这个憨厚的人在微笑，脸颊上有一个深酒窝。宋扬想，那个小男孩已长这么大了，仔细看，脸上还有点当年那种讷于言又想表达的神情。有一辆跑车"呜"的一声飚了过去。宋扬告诉他，即使心里有十多年前的那个歉疚，一年年下来，也已经呈现了诚意，也可以放下了，现在可以高兴了。

嗯，蒋亦农说，我现在是喜欢做，习惯了，出来做做也是散心。他侧转身，拍了拍宋扬的肩膀，想让他放心。上次对他说了心里的事，让他担心了，不好意思。蒋亦农把小板凳拉过来，想让宋扬坐凳上，这老同学这么顾着他，晚上还过来看他，再说人家自己最近也不顺啊，这让蒋亦农感动了。他又一次问，宋扬，你自己还好吗？

夜色中的城市就在面前，灯影迷离，他们就像两只鸟停在街边。这个夜晚有人听见这样的小人物在说话吗？

宋扬说，"蒋委员长"，咱俩都不顺，接下来希望顺一点。

蒋亦农点头，嗯，是的，你现在一个人过日子了。

宋扬呵呵笑了笑，说，管好自己这一点总做得到，不像你，还有一个病妈妈要照顾。

蒋亦农说，我习惯了，买菜洗衣服做饭也都习惯了。

宋扬说，你得找一个老婆。

蒋亦农没回答，在咬手指甲，他小时候就有这个习惯动作。

说到"找老婆"这个话题，宋扬有点执着了，说，这是一个事儿，你妈多急啊，你总不能再拖下去了。

蒋亦农不自在地嘟哝着什么，宋扬没听清。宋扬笑道，你没结过婚，还是童男呢，总得结一回吧，过日子的好处也得试试。

蒋亦农脸都红了，即使路灯下，他的脸也像块红布。他嘟哝，知道。

宋扬说，让李依依给你介绍一个，她在报社，人脉多。

蒋亦农避闪着眼睛，说，不用，不用。

他在老同学面前不好意思的童男样子，几乎让宋扬忍俊不禁。但宋扬没想到，蒋亦农说了一句：我有了。

有了？

宋扬问，那我们还不知道，谁啊，怎么样的？你什么时候找的？

灯下，你能感觉到蒋亦农脸上的犹豫。这神情，让宋扬相信他还真的有了。

蒋亦农看了宋扬一眼，说，说起来，你们也认识，可能还记得。

谁啊？

蒋亦农说，秋荷，林秋荷。

哦。宋扬差点跳起来，是的，小学同学，班里的学习委员，当时除了毛俊，就数她成绩拔尖，也同样长于数学。

宋扬这一刻有点迂，居然问，她不会还没结婚吧？该是早就结婚了吧。

蒋亦农似乎没觉唐突，低下眼眉嘟哝，是结了，但现在没了。

宋扬心里有些古怪的憋，搞了半天，这样啊。他问，林秋荷我几十年没见了，你跟她有来往？

蒋亦农似点头又似在摇头。他说，小时候我们两家是邻居，你忘了吗，她也是住在我们学校前面的年糕巷的。

他这么一提，宋扬想起来了。不仅想起来了同学林秋荷家就在蒋亦农家隔壁，还想起来了小时候他俩是班上小朋友嘴里的"一对"。因为据说相邻的两家大人，在孩子小时候曾半真半假地说好"结亲"，于是，林秋荷俨然蒋亦农未来的媳妇，两小无猜，结伴玩耍，后来上学了，也进了同一个班级。后来这大人的戏言，被其他小朋友带到了学校，于是在一班小同学的眼里，他们是一家的，"老公老婆"。到四五年级时，两个当事人有些懂事了，就窘了，在班上刻意保持距离，但在叽叽喳喳的小同学眼里，依然是被八卦的一对。

宋扬瞅着此刻脸红着的蒋亦农，心想，还真的是一对，隔了那么多年。

宋扬问，她现在在哪里？

蒋亦农说，监狱。

宋扬这才发现，刚才心里的憋原来是直觉。是的，感觉不太好，隔了那么多年，他现在想跟林秋荷好，这其中有些什么意味让宋扬直觉不对劲。

是的，35年，已千山万水，如果可以轻易，那就不会是现在这般，如果不能轻易，那必然有纠结、难缠。

蒋亦农局促的神色已说明这一点。

宋扬说，监狱？她犯事了？

蒋亦农低垂眼眉，告诉他，是的，已关了5年了。

为什么？

宋扬眼前浮现出一个文文静静的女生，一张扁扁的脸，短发，小翘鼻，走路时顺着墙根，虽然成绩好，但不张扬。她犯事了？她会犯什么事啊？

蒋亦农告诉宋扬，林秋荷入狱前在市"安置办"上班，是普通的办事员。2001年北城区有一批安置房，她部门领导及几位同事，眼看当时商品房价的涨势，就合计，要不想办法每人搞一套安置房吧，反正这批房子安置拆迁户后，还有得多。于是整个部门伪造了一些材料，每人出了15万块钱，各拿了一套。那时他们居然没意识到这是犯法，还感觉办这事挺方便的。哪想到，2010年这事被人举报，这一查问题就大了。最严重的是，在这10年间房价涨了十倍，这些房子如今每套总价都在150万元以上，这样判下来，每人都被判十年以上。这是窝案，林秋荷也在其中，虽然她只是普通科员，是看别人这么做才跟着做的。

宋扬感觉震惊，仿佛处在不真实的梦里。他说，10年？现在她还要再坐5年牢。

蒋亦农盯着马路，没吭声。

宋扬看着他脸上的忧愁，心里为他不值，嘀咕了一句：难道她就没结过婚？

宋扬想表达的意思是：难道她就没结过婚，要你这么等她？在这之前，她也没跟你结婚呀。

蒋亦农看了他一眼，低下眼眉，说，我喜欢她，从小喜欢她，她知道我喜欢她。她考上重高、考上大学后，我机会就越来越小，我读书不好，工作比她早。那时她在上海读大学，星期天我常像傻子一样跑去看她，看她吃我给她带去的零食，请她去学校门前的小店吃酱肘子，她特别喜欢吃山楂片吃话梅……看到她我就高兴，虽然我知道我配不上她了。我走在他们学校里，跟在她身旁，心里是多么自卑，但我忍不住还是要去看她。我知道，因为我，她在他们同学面前不自在了，她告诉他们我是她的邻居、小学同学。宋扬，你知道吗，我从读小学开始，就在她面前自卑，因为她成绩那么好，那时候我总是担心她会喜欢你，因为你是好学生。宋扬，她在上海读大学，说真的，我压根儿没指望她会认我做男朋友，虽然小时候她其实是认的。终于有一天，她在学校门口对我说，蒋亦农，我们是好朋友是不是？我说，当然。她说，下星期开始，你别来了，好不好？我点头。她看着我，脸上好像很同情，她说，蒋亦农，我交了个男朋友，你别来了，好不好？我点头，我知道总有这一刻，想不到这一刻是发生在大学门前。这说明什么？差别。虽然我们小时候坐过一个教室，但现在相差得可不是一点点。我没文化，当时说不出什么话，就一把拉住她的手，说，好吧，你就叫我哥哥吧。我记得她流着眼泪往大门里走的样子，我知道她的感觉，毕竟我们是小时候的邻居，还是小学同学。

蒋亦农的声音在这夜晚的街边有些虚飘。宋扬侧转身，想伸手拍拍他的肩膀，但看到他木木的脸，就没伸手过去。宋扬说，难道这么多年你一直没结婚，是因为这个？

宋扬心想，这也太言情了，如果你真这样也就真有点傻，言情小说里琼瑶编的爱恨心结，那是编的，你都几岁了？一直过不了心结？

蒋亦农以平缓的调子在说着她的事，估计这些年他在心里已经过了无数遍：秋荷大学毕业后，原先分配到了学校教书，后来才调进了那个倒霉的"安置办"。她是1997年结婚的，老公是一个公务员，两人一直没孩子。"安置房"案出来后，两人离婚了，10年劳改哪，这是可以理解的。

宋扬瞅着他，说，唉，你可以理解，但我不理解的是你，你还是省省吧，别管她了，你得过你的日子。

蒋亦农居然笑了一下，说，我不就在过日子吗？我一直没结婚倒不完全是因为她，是因为我自己不顺。你看我什么条件，这样一点工资，这样一个家，一个瘫痪的妈妈。我想，我为什么不顺？这些年一直不顺，从那个大学校门开始，后来压死了人，一直找不到老婆，很多事就一直不顺。我想，这命不顺成这样，还能怎样？也可能后面会好一点。有一天，我跑去监狱看她了，起先她对我没说一句话，装作不认识我的样子，愣愣的。我告诉她给她带去了山楂片话梅什么的，她就一声不吭地流泪了。我告诉她你这样子也就慢慢等吧，十年过过也是快的。我说着说着，她突然说话了，她说如果当时只是找了个工人也未必会像现在这样，如果老公不是在机关工作有能力把她从学校调到"安置办"也就没这一劫。我劝她没这个劫也可能有别的劫，人这一生多少都有劫。我就告诉她我这些年也不顺。宋扬，说来不好意思，我就是在那时候突然想，反正我一下子也找不到别的女人，要不等她出来吧。我就对她说了。她摇头。看她摇头的样子，我想，就这样了，反正现在她也未必比我高多少，应该说还比我差呢，就这样吧。

蒋亦农发现宋扬在揉眼睛，惊了一下，心想，怎么回事，又让他替自己难受了。

蒋亦农赶紧跳起来，把宋扬拉起来，说，宋扬，我就说说而已，你别当回事，你别管我，我好的，你随便我去吧。

宋扬"嗯"了一声，看了看手表，说，蒋亦农，咱们该回去了。

两位老同学在中山路街口分手，朝家的不同方向而去。

宋扬这一晚，遇到了两个小学同学，在这三四个小时中，穿梭于不同的情绪。现在这夜色中的世界，在他眼里仿佛破碎，每一块碎片下，有一个小小的人儿在扛着，过着吧。

同学会

三十九

我跟宋扬今天这么赶过来，就是为了告诉你这一点：在外面是有人等你的，谁让他是你的小学同学，我们这么操心你跟他，谁让我们是小学同学。

李依依来出版社大楼开会，顺便去看了看宋扬。

她原本想问问宋扬论文写得怎么样啦，结果说到了蒋亦农。她说，报社排版室有个老姑娘，人实在，就是胖了一点，感觉可以给蒋亦农牵牵线。

宋扬说，算了吧。

李依依问了句"为什么"，宋扬脱口而出：他已经有人选了。

这接下来，李依依自然追问。于是宋扬就倒了出来。

虽然他一边说一边想"这么告诉她好不好"，但想到林秋荷也是同班同学，李依依迟早会知道的。于是，他就统统告诉了李依依。

哪想到，李依依哭得稀里哗啦。毕竟是女人哪，这个年纪的女人本该避着点的，什么时候惹了她的情绪，那一时半会儿是无法了结的。

李依依说，啊，林秋荷有这么惨哪，那是个软妹子呢，这也太狗血了。宋扬，但我发现我更可怜的是蒋亦农，我难受了，你说这事让我难受了，"蒋委员长"原来是这样的呀，男人哪，我实在受不了了，宋扬，我得去！

李依依起身，扑向宋扬办公桌上的电话机。宋扬问，去哪？

监狱。

宋扬愣了，说，去干什么？

还有干什么？李依依说，去告诉她，要她顶住，要她明白我们蒋亦农，她不可以不明白的，宋扬，我受不了了，哦，"蒋委员长"，天可怜见。

现在李依依的样子跟电视上的贾玲一模一样。宋扬也有些激动了，被她风风火火的样子带动了，因为她在打电话了，找人安排去探监。她在问：女子监狱吗，请问……

李依依放下电话，继续沉浸在情绪里。她说，宋扬，我要去看她，我要去说说他的痴心，这年头还有谁能这样，天哪，我们小时候就叫他们是"小两口"的。

李依依说，我们马上去，现在就过去，那边已经安排了，我说是采访。是的，可以算作采访，这是一个好素材，说明人不警觉，不从心底里抗拒欲念，贪腐风险大着呢，房价十年涨了十倍，谁想得到这点。但是，该想到灾祸总是从小小贪念开始的，下一次我们单位搞教育实践活动，我就讲这个事例。走，宋扬，我们去女监。

宋扬李依依往楼下走。宋扬没车，刚才李依依来开会是驾驶员送来的，送到后先回去了，李依依等不及驾驶员过来接，两位老同学打车前往城东的女子监狱。

与蒋亦农描述的一模一样，当多年不见的林秋荷被带到两位小学同学面前时，她脸上没有什么表情。

但他们感觉到了她眼神里隐约的好奇。是的，隔了这么多年，早认不得了，哪会想到这是小学同学。

即使宋扬李依依知道这穿着灰蓝囚衣的女人是当年聪慧的林秋荷，他们也无法将她与记忆里那个像白纸片儿一样的小女生对应起来。

此刻的林秋荷苍白，短发，显老。李依依问，你还认得我们吗？

林秋荷看着他们，微微摇头。

李依依说，我们是你的小学同学，这么说你想起来了吗？

林秋荷微微摇头。

宋扬说，我是宋扬，她是李依依。

林秋荷眼睛里依然空蒙，微微摇头。

她不记得了。

李依依说，我们是实验小学的，80届四班的。你怎么不记得了？

林秋荷没摇头，没响，但嘴角边隐约的动静好似在说，是吗，不记得了。

在接下来的问话中，她基本没什么表情。宋扬轻声对李依依说，可能失忆了。

李依依心里在说，装的。

是的，作为女人，李依依直觉到了这小学同学只是不想认他们。因为此刻她的眼睛与刚才走过来时不太一样了，刚才还有些不安，有猜测来人是谁的神色，而现在没了，这说明她想起来了，不想认，只是因为不想面对，以前的熟人让她难堪，伤感。

这就让李依依不依不饶了。李依依就是这样的性格。她问，秋荷，你不记得我们这没关系的，但蒋亦农你也不记得了？

隔着窗的这个女人，在轻轻摇头，那意思是不认识啊。

李依依说，如果你还是想不起来，那也没关系，因为我心疼他，所以来这里对你说一句话：他在等你。

女人依然没有动静，眼睛平静地看着前面，神情好像离得很远。

李依依说，他等得很苦，我跟宋扬特别难过，所以你争取早点出来吧。我跟宋扬今天这么赶过来，就是为了告诉你这一点：在外面是有人等你的，谁让他是你的小学同学，我们这么操心你跟他，谁让我们是小学同学。

林秋荷的眼泪，顺着脸颊流下来。

探监出来，两人沿着女子监狱门前的狭窄道路往外走，准备打车回去。他们因刚才的情绪跌宕，此刻都不想说话。

后来还是宋扬先开腔。他说，李依依你真行，真会做思想工作，如果你不来，她压根儿不会认我。

李依依说，我报出你我的名字时，就感觉她想起来了，哪个女生不记得自己的同学啊，我们女生都是很心细的。

宋扬说，李依依，我看你这人，还就是做思想工作的，刚才你站在她面前，一句句入情入理，不仅犀利，还很动人，非常好，非常好。

站在路边，宋扬伸着手臂招了好一会儿也没一辆出租车在他们面前停下来。这个时间点，在中国哪座城市打车都难。李依依皱起眉头，有些着急，她突然说，要不让我们家阿土过来一趟。

对，让他来。她说，让我老公过来接我们吧，我看这样等下去到六点半也拦不到车的，反正阿土也快到下班时间了，让他开车过来。

哟。宋扬叫起来，那我去坐公交车了，他是省领导哪。

李依依指着面前的这条路，笑道，公交车？这里哪有公交车啊，还是等阿土来吧，没事，省领导也得接老婆啊。嘿，省领导？省领导怎么了，让他来女子监狱这边接人，呵呵，正好现场教育一下老公。

李依依笑起来，她不知道宋扬有没有听明白自己的话。她指着身后女子监狱的楼群，指着那些窗户上的金属格子，说，让阿土来，咱现场教育一下。咱女同学这样的事，活生生地摆在面前，得提个醒哪，谁想得到这种事竟然跟房子涨价也有关系。我可不想哪天他也像秋荷这样，看别人样，跟别人样，结果跟到了阴沟里。呵呵，宋扬，我们打不到车，就让他来接吧。

于是，李依依打电话给老公，喂，阿土，你过来接我和我同学一下，女子监狱。没错，是女子监狱。怎么会去那？哎，做思想工作呗。

这是宋扬第一次不是在电视荧屏上——而是近在咫尺，见到了阿土领导。

这也是宋扬今天第二次领略李依依开展"思想工作"的风采。

在阿土领导到来之前，李依依跟宋扬已经坐进了女子监狱前侧的一家路边小面馆，一人点了一碗面。也是到了吃晚饭的时间点上了。

所以，当阿土领导把车停在路边，进入这家小面馆的时候，他看见老婆跟一个文质彬彬的男子在吃面。

李依依向阿土介绍宋扬，这是我小学同学，小帅哥班长，小羊羊宋扬。

宋扬赶紧起身握手，说，不好意思，还让领导过来了。

李依依给阿土点了一碗大排面，开始讲自己跟男同学出现在女子监狱门前的来龙去脉。她说，阿土，今天我来这儿是来看同学的，小学同学。当然，不是这位，他跟我一样是洁白无瑕的，我们看的那位是在那里边。

李依依指着窗外，女子监狱楼群的灯已经亮了，映着明晃晃的铁格窗户。

阿土领导有些憨厚，不苟言笑，所以他喜欢他老婆这样的性格，性格互补嘛。宋扬在留意他。而李依依在说，我们班的林秋荷十多年前哪会想到，哪怕是看别人样行事，也会让自己陷入牢狱之灾，而他们的部门领导，哪会想到所谓给员工谋福利，居然害了所有人，给下属这样谋福利还犯不犯得着……

看得出来，在阿土领导眼里，虽然蒋亦农的爱情故事在李依依的讲述中有文艺煽情之嫌，但林秋荷那个事也着实让他惊讶了一下。房价十年上涨，竟带动量刑加重，这谁想得到啊，确是意料之外。

不，李依依说，不拘小节，不警觉，酿大祸这是意料之中的。阿土，我们得精明些，我可不想哪天哪月我家也有人哭哭啼啼地到这里来。阿土，因为我们看到过这位同学小时候的样子，很乖很乖的，所以现在更有感触。阿土，这一点，你得听我的，太太平平过日子，我们就够了。小时候我们坐在教室里的时候，哪会想到哪天哪位同学会被关进这里面去。否则我们会多么希望他不要长大了……

宋扬认定李依依就是做思想工作的人，虽然她自己心里未必这么想。

宋扬晚上回到家，刚好看到微信群里有老同学在开玩笑，建议评选四班班干部，全方位重温班队生活。他就发了一条：

建议李依依当政宣委员。

同学会

四十

老同学们唏嘘不已：又一个老同学没用了。坐在他们
中间，宋之江一声不吭，他心里是多么惶恐：毛东月
这么一次次来自己这儿，从没给他好脸色，让他一次
次难过地回家，这是不是加深了他的病？他这病与我
有关吗？

宋之江戴上呢帽，拎了一保温瓶的咖喱牛肉，出门去坐公交车。

宋扬妈妈说，路上小心点，别跟年轻人挤。

宋之江笑道，放心，现在多数年轻人都会让座的。

宋之江是去参加同学会。这是他第一次去那些老同学的场子。

今天老同学说是聚餐，每人从家里带一个菜，地点在小港公园玉兰亭。

宋之江坐在公交车上，心里有些忐忑，因为今天他终于将露面同学会了。

他这次前往，当然与儿子宋扬的劝说有关。宋扬说，老爸，你得去，同学会又不只是毛东月一个人，你总不能因为他，连其他同学也不认了。你去散散心吧。再说毛东月，他一趟趟上门，那总是想对你好，如果他真不来了，你只会比现在还不舒服，因为他不认了，他完全可以不认的。现在很多事，你看谁在认？那么多领导现在被发现原来其实是贪官，那么当初是谁把他们提上去的呢？是谁看走眼了呢？你看谁认了？人家不认，你也白搭，你就自认原来自己是在坏人堆里玩潜伏吧。这么一比，毛东月也不容易啦，起码知耻。那么大年纪了，你好好跟他讲一讲，他就不来了，每次都害我打车送他。

以宋之江的性格，儿子的这些话，他有些能听进，有些是听不进的。但儿子说最近他也在准备同学会，小学同学会，操办中知道搞一次同学会不容易，自己得到的也是蛮多的，尤其心理上的。这倒让宋之江听进去了。

宋扬说，同学，同学，同一个起点，那么小的时候共坐一室，后来天各一方，这些年吃的苦，相互映照着，你不映照，它们也在那儿，一抬眼就在，这些东西满满的，你瞥见了，就会明白一些事，甚至说不出来明白了什么，但感觉明白了。

宋之江听进夫了这几句话，不完全是因为儿子说话书面，而是看着他在孟梅走后，与几位老同学在来往，对情绪有所调节，于是相信儿子说的有些在理，起码就儿子这个阶段来说，是好的，管用的。宋之江甚至劝儿子多跟他们走动走动，不能自闭，老同学，了解的，你看人家帮你在香港买药都买……

这么说着，宋之江自己就不能不心动了，甚至也不好意思倔了，再说也有别的老同学又来叫了。更主要的是，有一天毛东月来跟他讲，老宋，上回全班同学会你没去，你看，这个月又走了两位，你上次没见着他俩，你以后再也见不到他们了。

宋之江到了小港公园，那些老同学喊着他的名字。阳光落在草地上，桂花在飘香。他看着周围全已变老了的脸庞，心里竟有快乐的感觉。是的，都变老了，但好像还是熟悉的。甚至毛东月此刻坐在他面前，他感觉也是顺眼的，甚至比其他人还更眼熟、更亲切一些，谁让他最近一年总是找上门来。

这么想着，宋之江后来居然往毛东月的一次性餐盘里兜了一勺咖喱。

后来他们说话了，在这样的场合，在同学们面前，当然不会像在家里时那样尽说那件往事。他们聊了别的事，比如宋扬最近也在忙同学会，比如毛俊现在叫毛泽西……

宋之江这天的恍悟是，在同学会上，其实也没那么多同学盯着自己，也没那么多同学在意自己跟毛东月的关系到底怎么样了。

这使他轻松起来。

有那么一刻，他看着周围都变老了的同学的脸庞，心想，难怪今天我挺高兴的，是因为都比了一辈子了，还能比什么呢，不比了，所以高兴了。

这一天，唯有一件事让宋之江感觉有些不妥，那就是同学会结束，大家在小港公园门前分手后，毛东月沿着左边的路"噔噔"向前走。有人喊，毛老师，你走错了，你应该是向右边，你坐车的公交站在右边。

毛东月闻声回头，笑容明亮，灿烂阳光落在他的脸上。这一天他确实很开心。宋之江后来一直记住他这个笑容，更记住他呈现的固执。他在说，没错，没错，然后继续往左走。

——怎么会没错？他住在城北别墅区，怎么往东边方向去坐车？

——毛院长退休后早没车用了，他儿子该给他配个司机了。

——毛泽西空中飞人，太忙，可能没想到吧……

站在公园门前还没走的几位老同学在议论，同时，有人跑过去想拖住他。嘿，还真拖住了。毛东月对那位拉着他往回走的同学说，没错，没错，就是这个方向。

在中午的阳光下，毛老师仰脸笑着，非得往左走。

宋之江注意到了他的固执，那种茫然、空荡的固执。

宋之江回到家给宋扬打电话，说，爸爸参加同学会回来了，你放心，挺好的，宋扬，你能不能跟毛东月的儿子说一下。

他的言语有些犹豫。

宋扬问，什么事？

宋之江说，你让他家人留意一下，他会不会有点老年痴呆了。

宋扬说，不会吧。宋扬眼前闪过那天毛老师坐在花坛边的样子，心里也有些迷糊。他问他爸，你怎么感觉出来的？

宋之江说，你伯父当初发老年痴呆的时候，一开始大家也没发现，我感觉毛东月今天与你伯父那时的神情有点像。

宋扬说，好，我联系联系毛泽西。

搁下电话，宋扬心里有些惶恐。他想起来了，上次想提醒毛泽西劝他爸别总一个人在外面走，别总来自己家，后来忘了。这次不能忘了。

毛泽西的电话在晚上才打通。宋扬说了这事，然后解释，也可能我爸有些敏感，因为我伯父得的就是这个病，但你还是让你妈在家留意些好。

毛泽西说，知道了。

他告诉宋扬自己正在欧洲。他说，我这一阵整天在外面飞，家里的老人都好久没见了，宋扬，保佑我，但愿没事。

宋扬说，好，保佑。

后面发生的事，证实了宋之江的怀疑。

一周后，毛东月被确诊为老年痴呆症。随后，症状迅速明显起来，如火势扩张，没多久，他的记忆就仿佛消散了，认不出人来了。

老同学们唏嘘不已：又一个老同学没用了。坐在他们中间，宋之江一声不吭，他心里是多么惶恐：毛东月这么一次次来自己这儿，从没给他好脸色，让他一次次难过地回家，这是不是加深了他的病？他这病与我有关吗？

回到家，宋扬爸妈一边交流，一边疑心，到后来，两人都坐立不安了。

宋扬妈抱怨老头，像我们这样的小人物，什么事、什么态度只能点到为止，太执就会偏，就会有伤，伤到别人，也伤到自己……

于是他们给儿子宋扬打电话，说想去毛东月家看他，让宋扬陪他们去。

同学会

四十一

毛泽西摇摇手里的本子，说，有时候我会觉得，与其
我爸心里总记着这些以前的事，还不如他忘记。像现
在这样啥都不记得了，可能还不难受些。

宋扬当然也在惶恐之中。

他也害怕毛东月这病与自己老爸有关系。他想，这个病跟情绪有关吗？是生理性的，还是心理性的？但不管怎么说，哪怕是生理性的吧，心里不高兴，心神不安定，总会加剧病情吧？这么说，老爸多少脱不了干系了。唔，但是，当时老爸哪知道会这样啊。

宋扬跟毛泽西约好了，星期天带爸妈过去。在电话里，宋扬感觉到了毛家也希望宋之江过去，跟病人聊聊，看是不是有点用。

星期天上午，宋扬跟爸妈来到了城北"清泉地带"，这是一片别墅排屋区。

穿过竹林、草坪，小区植被苍翠，松风入耳，宋扬他们找到了毛家。

毛泽西已从欧洲回来，此刻正在前庭园，穿着蓝毛衣，蹲在一张躺椅前，在喃喃地念着一本读物。躺椅上靠着一个老人，穿着灰色棉袍，眼睛看着天边、草地，草地上有一只白猫在走动。

毛泽西见宋扬一家过来，就说，喏，我爸。

于是，大家一起望着毛东月。

毛东月没把眼睛朝向他们，现在他在看椅子扶手上的花纹。

宋之江说，老毛。

他好像没听见。宋之江伸出双手，按住他的肩膀，摇摇说，我呀，宋之江。

毛东月终于看了一眼站在面前的人，眼神是涣散的，随后嘻嘻在笑，像小孩一样喃喃自语。宋扬想，看样子他是真的认不出来了。

毛泽西晃了晃手里的本子，告诉他们，我爸连我都认不得了，就好像对我妈还有点认得。

毛东月脸上的荒芜空洞，让宋之江有些担心。他伸手过去，捧着毛东月的脸，说，我呀，你大学同学。

毛东月扭了扭头，估计是感觉不舒服，但依然没认出面前的这人就是自己这一年老是去找的人。

秋阳灿烂，空气中有烦躁在弥漫。这该怎么办？一群人面面相觑。

宋之江蹲下来，想再跟他说说话，看他是不是还会有些反应。宋之江对周围人说，你们走开点，让我再说说。

宋扬问毛泽西，刚从欧洲赶回来？

毛泽西说，嗯，家里有事了，其他什么事都没心思做了。

宋扬安慰他，到我们这个年纪，这些麻烦事一桩桩都在靠近来了，我已经经历一些了。

毛泽西点头，看着这小学同学，如今他又瘦又精干。

宋扬说，我爸他不好意思，他们两个以前关系不好，这几年我爸让你爸有些别扭。

毛泽西说，我原来不知道这些，我爸不跟我说这些的，小时候他还常让我跟你多玩玩，说你人好，不调皮，说跟你一起，不会调皮到哪里去。

宋扬觉得心里有些闷。他看见现在老爸就像刚才毛泽西蹲在那儿一样，在对那个喃喃自语的老人说话，徒劳地想让他认出自己来。

宋扬说，我好歹劝我爸去参加了一次同学会，据说还跟你爸聊天了，还挺开心的。

毛泽西摇摇手里的本子，说，有时候我会觉得，与其我爸心里总记着这些以前的事，还不如他忘记。像现在这样啥都不记得了，可能还不难受些。

宋扬瞥了一眼他手里的本子，是一本棕色的日记本。

毛泽西把它递给宋扬，说，他以前的日记。他有记日记的习惯，我妈现在让我读一些他以前的日记给他听，希望有唤醒作用。我妈说，前一阵就感觉他以前的事记得很清楚，而近的事却记不清，所以，她翻出了他以前的日记本，让我试着读一些给他听听，看他能不能记起来。而我感觉，与其让他记得，还不如不记得了，什么都忘记了，还开心一些。

宋扬在翻这本日记本。他的眉头在皱起。

毛泽西当然注意到了这一点。因为他刚才读过一些段落了。这是一本几十年前的日记本。

毛泽西的决定，就是在这一刻下的。他凑近宋扬的耳畔，说，宋扬，你把它带回去，我们不要了，如果你爸还要，给他吧。上面也记着他当时的一些事，也有我爸后面记着的不安、反复……你爸愿意把它丢了，那就更好，反正，我们这里没用了。

宋扬这一年变得比较容易动感情。他想，我怎么了？他揉了揉自己的眼睛。他感觉毛泽西在拍自己的肩膀，他听见毛泽西在说，宋扬，随他们吧。喂，你还来不来我这儿啊？

宋扬说，你听说过吗？如果想拆散一对朋友，最好让他们一起做生意。毛俊，以后你有什么事，尽管叫我过来坐在你旁边，我一定坐着，一动不动。但如果去你那儿上班，那就算啦，这会让我压力太大了，专职做思想工作这活儿压力太大。呵呵，毛毛虫，你说好不好？

同学会

四十二

宋扬的每一个创意，都让人跃跃欲试。老同学们在群里夸道：到底是文化人，要不咱每半年搞一次，一个个试过来。

接下来的许多个夜晚，宋扬继续写论文，他的论文已进入收尾阶段。

李依依说，好呀，我终于做成了一次思想工作，让宋扬你这个有拖延症的人写完了一个作品，看样子我这小学同学还能办成点事。

宋扬写论文累的时候，就拿起手机，在"四班同学"群里跟老同学们聊天。

聊得最多的是：如何办好这首次的同学会？

宋扬是班长，在这方面理所当然要多动脑筋，加上如今晚上他除了在电脑上码字，剩下的就是构思同学会，所以创意自然比别人多一些。老同学们对他的点子期待得很。

他策划了这样几种风格的同学会：

"恋恋教室"温情类。将同学会模拟成一堂常规的课，邀请卓老师等在学校教室里上三节课。第一节，卓老师怀旧作文讲解。第二节，数学黄老师上美术课，教大家画大蒜。知道吗，黄老师退休后突然爱上了油画，专画大蒜，如今声名远扬，够励志吧。第三节，学生代表毛泽西讲互联网思维，下一个浪潮前，我们班集体去哪儿……

"匆匆那年"纯情类。地点在学校后面的金鱼池边，青青校树，茵茵草地，录音机里放着老歌《年轻的朋友来相会》，池边有人在吹笛子，有人在拉二胡，同学们穿着白衬衣、蓝裤子，从各个方向走来，然后聊天，野炊……

……

宋扬的每一个创意，都让人跃跃欲试。老同学们在群里夸道：到底是文化人，要不咱每半年搞一次，一个个试过来。

毛泽西跟帖：宋扬，你可以去办个公司了，专门策划"同学会"，这个生意可能会好。

何赳赳说，好是好，但我可没找到我该在哪里出场。宋扬，你记得哦，我可是会变魔术的哦。

在这片溢美之辞中，只有李依依激烈地表达了自己的不同之声：好是好，但太斯文，太文气，我们这是第一次搞，得来点狂野的，激情的。

她这么一说，大家心里就痒痒了。是啊，是该激情，是该HIGH，哈哈哈，那么怎样才能狂野呢？

李依依说，去少年宫广场！去旋转飞机那边！让我们的同学会就在那里开始吧，坐上小飞机，呼呼呼地转，同学会拉开序幕。

李依依说，我这么建议是因为我跟宋扬已经去过了，激情了一把，去吧。

宋扬跟帖：可以可以。只是她说得多暧昧似的。

同学会

四十三

是的，在隔了35年之后，小鸡们回来了，小飞机也回来了，回到了这当年喜欢的少年宫旋转飞机，也回到了当初出发的地方。

这是秋日的一天，没选在国庆长假，也没选双休日，而是选择了一个普通的星期一。这是因为实验小学80届四班的同学们，不想跟那些真正的小朋友去抢少年宫广场上的游乐机。

虽然是星期一，但实验小学80届四班的同学们还是请假出来了。

他们相约早上九点半，在旋转飞机旁碰面。

多年不见，记不真切彼此的面容了，心情宛若老电影里的地下党员接头。

这是必然的，那些老电影也是那个年代自己爱看的。想不到人到中年以后，还有机会实战一下。

宋扬穿上了白衬衣，戴上了儿子的天蓝色棒球帽，走出了门。突然想到了什么，又回进去，打开衣柜抽屉，拿出了一条丝绸围巾，大红色的，就是李依依送给他的那条。

那条原本让他在明年本命年用的红围巾。

宋扬把它系在了脖子上。红得就像火，当然更像红领巾。

宋扬就这样青春四射地出门了。

　　他骑得飞快，一会儿就到了少年宫广场。他心里有些兴奋，往旋转飞机走，远远地看见了一些人影，是老同学。有人先到了。

　　嘿，他看见了卓立老师。她穿着一件银灰色连衣裙，正在张望，那样子挺眼熟的，呵呵。她也看见自己了，她伸着手臂，在向自己挥着。

　　远远地，宋扬感觉她像一只母鸡，在唤着小鸡们回来。

　　是的，在隔了35年之后，小鸡们回来了，小飞机也回来了，回到了这当年喜欢的少年宫旋转飞机，也回到了当初出发的地方。

图书在版编目（CIP）数据

同学会 / 鲁引弓著. —杭州：浙江大学出版社，
2015.8
ISBN 978-7-308-14873-3

Ⅰ.①同… Ⅱ.①鲁… Ⅲ.①长篇小说-中国-当代
Ⅳ.①I247.5

中国版本图书馆CIP数据核字（2015）第163523号

同学会

鲁引弓 著

策　　划	陈丽霞　谢　焕	
责任编辑	罗人智	
责任校对	仲亚萍　杨利军	
出版发行	浙江大学出版社	
	（杭州市天目山路148号　邮政编码310007）	
	（网址：http://www.zjupress.com）	
排　　版	浙江时代出版服务有限公司	
印　　刷	浙江印刷集团有限公司	
开　　本	700mm×960mm　1/16	
印　　张	18.75	
字　　数	235千	
版 印 次	2015年8月第1版　2015年8月第1次印刷	
书　　号	ISBN 978-7-308-14873-3	
定　　价	35.00元	